虚談

京極夏彦

角川文庫
22865

目次

レシピ

僕は酒を飲まないのだけれど、居酒屋にはよく行く。

人には、相談するタイプと相談されるタイプがあると聞くが、そうなら僕は確実に後者である。知人友人からやたらと相談を受けるのである。恋の悩み仕事の悩み、人間関係のごたごたから金銭トラブル、痴話喧嘩《げんか》から健康不安から業界の展望、環境問題政治問題国際問題、果てはペットの躾《しつ》けや温水式洗浄便座の使い方に至るまで、もう何でもアリである。

僕は別に何でも知っているという程に博学ではないし、道を説ける程の人格者でもない。迷っているならそれぞれのオーソリティやスペシャリストの意見を聞いた方がずっとためになるのだろうし、悩んでいるならカウンセラーと面談でもした方がずっと話は早いだろう。

いいや、連中はみんな、迷ってもいないし悩んでもいないのだと思う。

もう、肚《はら》は決まっているのだ。ただほんのちょっと自信が持てずにいるだけなのである。だから誰かにぽんと背中を押して貰《もら》いたい、それだけのことなのだろう。

まあ、僕なんかが何を言おうと燃え盛った恋の炎が消えることもないだろうし、職場環境が改善されることもあるまい。況《ま》して、世の中がどうにかなることなどない。要するにお前の言うことは尤《もっと》もだと、そう言って欲しいのだろうと思う。

でも、幇間宜《たいこもちよろ》しく尤もだ尤もだ凄《すご》い凄い頑張れ頑張れと持ち上げるだけでは駄目なのだ。

ただ相槌《あいづち》を打つだけではなく、端々《はしばし》でそれらしいことを言って、ちょいと否定してみたり違うことを言ってみたりもして、結局それしかなかろうというあたりに着地するくらいが好ましいのだろうと思う。

そうはいうものの、こちらも常にそんな展開を心掛けて人と会っている訳ではないから、いつもいつもそうなるとは限らない。

ただ、例えば確実に詐欺的行為に巻き込まれているような場合や、自滅的な選択が視野に入っているような時は、僕だって全力で否定するし説得もする。深刻な状況の場合は特にそうする。

それでも、まあ行き着く先が変わることは少ない。

要するにこちらの意見など最初からどうでもいいのである。

他人の見解はどうでもいいのだが、他人からはどうでも良くないという態度を示して欲しいのだろう。

その辺りの対応が丁度良い具合なのだと思う、僕の場合は。

まあ僕も普通の人間だから、悩みもすれば迷いもする。困ることだって多い。

でも、まず他人に相談することはない。

話すのが面倒臭いからだ。面倒なプロセスを経て何某《なにがし》かのアドバイスを受けたところで、結局決めるのは自分なのだし、それが正しい選択かどうかは実行するまで判りはしないのである。だから、僕が私事を第三者に相談することはない。

一方、他人の話を聞くのは嫌いではない。自分にとってはどうでもいいことであっても、どれだけだらだら話されても、同じ話題ばかりを繰り返されても、一向に苦にならない。そういう性質なのである。

だから相談されるのだ。

何であれ相談する方は胸にしこりなり腹に一物なりが多少なりともある訳だから、ただの愚痴だろうが懊悩《おうのう》だろうが一杯引っ掛けた方が喋《しゃべ》り易いのだろう。

そうはいっても、聞く側がへべれけでは相談する意味がない。

そうしてみると、下戸《げこ》のくせに酒席を厭《いと》わないという性質も手を貸している。

その場合、小洒落《こじゃれ》たバーだの、高級フレンチ店なんかは、まあ似つかわしくない。スナックだの何だの、接客してくれる人間がいるような店もいけない。相談中にお酌されても困るだろう。お運びの店員がそこそこ素っ気なくて――つまりあんまり構われなくて、それでいて長居が出来て、更には安価なところが良いのだ。

そこで居酒屋になってしまうのである。

高校の同窓である大垣《おおがき》からメールが来たのは、去年の秋口のことだった。

親しかった訳でもないが親しくなかった訳でもなく、まあ知り合いと友人の中間くらいの仲である。

学校を出てからも五六度しか会っていない。卒業したのが三十年以上前のことなのだから、五年か六年に一度しか会っていない計算になる。仕事上の接点もないし、プライヴェートでも付き合いはないから、それこそ用事もない訳で、電話やメールの遣《や》り取りもない。年賀状を出しても返って来ないから、十年以上も前に出すのを止《や》めている。そんな相手からいきなりメールが来たので、見た時はスパムかと思ったくらいである。

アドレスを教えた覚えもなかったが、誰かに聞いたのだろう。

近々会いたいので返事をくれというような簡単な内容だった。

まあ会わない理由もないから、スケジュールさえ調整出来ればいずれ——と、そんな感じで緩い返事を出して、その後二三度、連絡を取り合った。

実際に会ったのは十月の終わりくらいだっただろう。

場所は神楽坂《かぐらざか》の居酒屋だった。

安くて品のない店である。

丁度その日、僕は都心に用があったのだ。しかも夕方に切り上げようと思えば切り上げられる用件だったのである。

移動中にふと大垣のことを思い出し、メールを入れるとすぐに返事が来た。

時間と場所も指定してあった。

仕事が終わった後、個人的な用事があるということでスタッフと別れ、一人で神楽坂に向かった。

待ち合わせだと告げて入店し、見回してみたのだけれど、どこにいるのか判らなかった。平日だった所為《せい》か席も六割程度しか埋まっておらず、混雑しているという印象はない。店員が二階でしょうかなどと言うので狭い階段を昇ってみた。

二階は六卓しかなく、二卓しか埋まっていなかった。

やっぱりいない。

まだ来ていないのかと思い、戻ろうとすると奥の卓に一人で座っていた男が右手を上げた。

大垣だった。

見た目が変わっていたという訳でもないのだが、どういう訳か気付かなかった。髪形も服装も記憶の中の大垣と大差ない。暫《しばら》く会っていないとはいうものの、高が数年である。老《ふ》けたというならお互い様だ。

「久し振りだな。五年くらいかな」

挨拶《あいさつ》もせず、そう言って向かいに座った。五年というのは適当で、まあそんなものだろうというだけのことである。大垣も挨拶などはせず、三年前の同窓会で会っただろうがと答えた。

「いや。俺、それは出席してない」

行かなかったことだけははっきり覚えている。

「そうだっけ。じゃあ——まあそんなものかなあ。上京してる連中で集まったのは、いつだったかな。あれはまあ、六年くらい経つと思うがなあ」

「じゃあそれだ」

別にどうでもいいことである。問題は、目の前の旧友が、殆《ほとん》ど変わっていないというのに何となく別人に思えるということの方だった。

大垣は、学生時代はどちらかといえば不真面目なタイプで、宜《よろ》しくないことも沢山《たくさん》仕出かしていた。かといって不良という訳でもない。今と違って昔の不良は、それはもう確《しっか》りとコード化されていたのである。コスチュームから一挙手一投足、言葉遣いまでが画一化されていたのだ。だが大垣はそうではなかった。丁度校内暴力なんかが問題視されていた時期でもあったから、まあ暴れる奴らは暴れていたのだが、大垣はそういうこともしなかった。

少し前の言葉でいうなら、チャラい男というのが一番ぴったり来る。

僕の方も、まあ腕力も度胸もなかったからそういう強面《こわもて》のグレ方は出来なくて、でも良い子ぶるのも柄ではなくてという微妙な立ち位置だった。

優等生でも劣等生でもない、単に変わった生徒というのが一般的な評価だっただろうと思う。

僕は概《おおむ》ね隅の方から斜に構えて眺めているだけの傍観者であり、大垣はいつも真ん中辺りでちゃらちゃらと戯《ふざ》けている道化者だった。とはいえ、卒業してしまえばクラス内の立ち位置なんかは関係なくなる。人生も半ばを過ぎれば互いにただの中年である。中年二人はあれこれ注文して、先《ま》ずは乾杯した。

「お前さ、キヨミ覚えてるだろ」

大垣は唐突にそう言った。

「キヨミ？」

一瞬、人名とは思わず、僕は妙な顔をしてしまった。

「何だよその顔。清美《きよみ》。須田《すだ》清美」

「ああ」

思い出した。いつもちょっと困ったような顔をした、気の弱そうな女子だ。

慥《たし》か――。

「酒屋の娘じゃなかったか？　ええと、三丁目のリカーショップ須田」

「それ」

「火事になったよな」

なったよと大垣は暗い声で言った。

「で？」

「で、って。覚えてないのか？　お前何でも覚えてるだろ」

「何を。あれは慥《たし》か——卒業式の前くらいのことだったと思うが、凄い火事だった記憶があるが」

取り敢《あ》えず火事はいいんだと大垣は言った。

「いいのか？」

「良くはないけど、いや——全然良くないんだが、まあ、そこじゃなくてさ。俺達付き合ってただろ？」

「ハ？」

そうだっけと言った。

「俺の記憶だと——お前さ、大垣。一年の時、まず浅田《あさだ》と付き合っただろ」

「四箇月くらいな」

「いや、それから——二組の吉川《よしかわ》に惚《ほ》れて、その後下級生の小野寺《おのでら》だっけ？」

「小野寺志之《しの》な。あいつ、十五年くらい前に子供置いて失踪《しっそう》したそうだがな」

「そうなのか。それから木村《きむら》に手を出してすぐ別れて、山下《やました》に告白して振られて、次に新島《にいじま》に——」

「おい」

「何だ。間違っているか」

「間違ってないけどな。それよりお前、何でそんな俺の恋愛遍歴を詳細に覚えてるんだよ。それ以前に何で知ってるんだよ」

「いや、まあ有名だったからな」

そう言うと大垣は眉間《みけん》に皺《しわ》を寄せた。

「三十年以上も経ってんのに細かいこと覚えてるんじゃねえよ。どんだけ記憶力イイんだよ。タチの悪い男だな。でもな、そこまで知ってて何でキヨミと付き合ってたことだけ知らないんだよ。そこが解んないよ」

「まあなあ」

記憶力は悪くはない。ただ、知らないものは知らない。そもそも浮いた話には興味がなかったから、自分で探ったり聞き出したりした覚えはない。聞こえて来る話を記憶していただけである。

「それは聞こえて来なかった」

「そうなのか。キヨミはな、俺の高校時代最後のカノジョだよ」

「まあ、須田さんはどちらかというと地味で目立たない方だったが、実は整った顔立ちの美形ではあったからな。俺はクラス全員の似顔絵とか描かされたから、そこんところは知っている」

「そうなんだ。実はかなり可愛かったんだよ。俺もさ、結構本気で、卒業しても別れる気はなくてな。向こうもそうだった。というか、イイ感じだった。丁度、今くらいの季節かな。十月だったと思うけど」

「何がだ」

「付き合い始めだよ。偶々《たまたま》帰りが一緒になってだな。家《うち》はキヨミん家《ち》の裏手で、方角一緒だったから」

「そうだったかなあ」

郷里には殆ど帰っていない。地理的な位置関係は既《すで》に脳内で恣意《しい》的に歪《ゆが》められているから、そういう意味では甚《はなは》だ不正確である。

「まあ俺はその頃フリーでな」

「ちょっと待てよ。ええと、お前は三組の大道寺《だいどうじ》と——じゃあ別れてたんだな？」

「大道寺？　あ、寛子《ひろこ》か。そうそう。あれは堅《かた》い女でな。色々ダメだった。それにしてもお前、そんなの俺本人が忘れてたぞ。寛子とは半月も付き合わなかったからな。自然消滅だった。思い出した」

「俺の知る範囲では、高校時代のお前の彼女は大道寺で打ち止めだ。その後のことは知らん」

「卒業後のことまで知られてたんじゃ怖いだろうよ。お前NSAか何かか。いや俺はだから、寛子とダメになって、それでちょっと沈んでたんだよ。珍しく。で、キヨミと」

「デキたのか。まあ若かったとはいえ節操がないと思うよ。俺は」

「高校三年間で浮いた話が一つもなかったお前の方が異常だと俺は思うよ。で、まあ言い悪《にく》い話だが、二三回デートして、行くところまで行ってしまった訳だ。キヨミは、まあ男と付き合った経験もなくてだな」

「あのなあ。わざわざ呼び出して六年ぶりに会って、それで三十年前の惚気話《のろけ》か？」

「いいから聞けよ。語りづらいこと語ってんだから。まあ、だから色々初めてで、俺も何だか可愛くなってなあ。かなり真剣《マジ》になったんだよ。で、クリスマスにな、お菓子かなんか作ってくれてな。その、芋《いも》の」

「焼き芋か」

「違《ちげ》えよ。何てえの、俺作り方とか知らないけど、あの潰《つぶ》して焼くのかな」

「スイートポテトか？」

それだよ、と言った大垣の顔は、どことなく蒼褪《あおざ》めていた。

「それが美味《うま》かったんだ。第三公園のベンチで喰《く》ったんだが、まだ温かくてな。喰い終わったら雪がちらちら降って来てだな、そんで、俺は安物のブローチかなんかプレゼントしてよ。で、手編みのマフラー貰った」

「あの白いマフラーか」

「覚えてるのか」

映像記憶は割に鮮明だ。大垣は卒業近くまでそのマフラーをしていたと思う。

「まあ、何というか、ラブラブというかな」

「おっさんが口にする言葉じゃないだろ」

「当時は若者だ馬鹿。本気だったんだよ。それまでチャラかったからな」

自覚はあったようである。

「俺はさ、そのスイートポテトがあんまり美味かったから、また作ってくれと言ったんだな。何か作り方にコツがあるんだとかいう話でさ。茹《ゆ》でないで蒸《ふ》かすんだとか、ブランデーの量がどうとか、牛乳は使わないんだとか——そんなこと言ってた。聞いたって判らないから、ただ美味い美味い言っただけだけどな。そしたら誕生日にまた作るって言ってくれてな。笑うと可愛いんだよ。キヨミ」

大垣は遠くを見るような眼をした。

「で、まあ俺の誕生日が三月十日で、楽しみにしてたんだよ。年末年始って、微妙に親の目とかあって会い難《にく》いからな。二日に映画に行ったけどな」

「スカラ座だろ。田舎《いなか》の名画座だからろくなもんはかかってなかった筈《はず》だ。ロードショーじゃないな。その年の正月は慥《たし》か——そう、『ファンタズム』と『さよなら銀河鉄道《ぎんがてつどう》999』の併映という無茶苦茶な組み合わせだったと思うぞ。どういうセンスで選んでたのかな」

呆《あき》れた男だなあと大垣は言った。

「完全に忘れてたが、多分合ってるよ。覚えてるわ、アニメ。で、まあ、そこまでは良かったんだよな。それでバレンタインかなんかがあって、チョコ貰ったりしてな。でもなあ、俺、大学こっちだったろ？　寮だったんだよ。で、入寮の手続きとか準備で一度上京しなくちゃいけなくなってさあ。それがな、丁度三月頭でな」

「ああ。もしや誕生日に被《かぶ》ったか」

「ばっちり被ってたんだな。ま、東京行かなきゃいけないってことは知ってたんだけども、実は俺、大学生活にそんなに興味なくて、日取りなんかはいい加減でさ、親に言われて、あっと思ったのが出発三日前だ。キヨミはキヨミで仙台《せんだい》の専門学校決まってたんだが、その時丁度、やっぱり手続きか何かで休んでた訳だ」

「高校三年生は忙しいからな」

「忙しいのよ。携帯電話なんかない時代だろ。連絡もつかない訳。キヨミはな、仙台行く前に、帰ったら卓哉《たくや》君の誕生日だから、お菓子――スイートポテトか。それ作るねって言っててよ。でもだな、キヨミと入れ違いで俺は東京な訳さ。それが、伝えられない訳よ」

「須田さん、怒ったか」

怒らないよと大垣は言った。

「俺は、まあ十日には戻る予定にはなってたんだが、着くのは夜遅くだったからな。そりゃもう気が気じゃない訳だよ。で、キヨミはキヨミで、誕生日には戻ると誰かから聞いたらしくてな。作ったんだよな。スイートポテト。十日は日曜日だったから、必ず連絡はあるだろうと思ったんだろ。でもよ」

「何だよ」

火事だよと大垣は言った。

「そうか。火事か――あれはそのタイミングなのか」

「戻ったらもう大騒ぎさ。というか、空港に迎えに来ないんだよ、親。電話も通じないし。自力で帰ったら焼けてた。全焼が三軒、半焼が五軒。大火事だよ」

「須田さんは――」

「判らなかった。酒屋は全焼で、俺の家も半焼だ。もう何が何だかだ。取り敢えず警察に事情を話して、親のいる病院に着いたのが深夜の二時くらいでな。親と話せたのも暫く後のことよ。キヨミも入院してる筈だと言うんだが、同じ病院じゃなかったらしくってよ」

「あそこ、大きい病院がないからな。街の方の総合病院に搬送されたんじゃないのか」

そうだったんだろう、と大垣は言った。

「だろうって何だよ」

「俺、結局会えなかったんだよ」

「会えなかった？」

「キヨミがどうなったのかも判らなかった」

「死んで――ないだろ？　そういえば卒業式には出てなかった気がするが、亡くなったというアナウンスはなかったぞ。担任は火事で大変だという話はしてたけども」

ご両親は亡くなったんだと大垣は言った。

「連絡のしようがない。担任にも言ったが、卒業式は」

「十八日だった」

「そう。たった一週間だよ。俺もさ、家の後始末とかあったし、親のこともあるし、先ず住むとこがないからな。ドタバタしてるうちにもう卒業式で、俺、加藤《かとう》の家に厄介になってたんだけどなあ、卒業しちまえばそれまでだろう。親戚《しんせき》のおじさんが来て、何かやかやでな。大学も止《よ》そうかと思ったんだが、そりゃ駄目だと言われてさ。学費も払い込んでるし、何とかなるから行けと言われちまって。でも俺、内心それどころじゃなくってさあ。キヨミに会いたい訳。で、病院突き止めて行ったんだけどな」

「どう——した」

転院してたと大垣は言った。

「転院？　相当酷《ひど》かったのか？」

「いや、火傷《やけど》なんかはしてなくて、ただ何だ、一酸化炭素中毒ってのか？　それだったようだ。でも意識も戻って、回復に向かってたらしいが、入院費用の問題でいられなくなったみたいだった」

「ご両親も亡くなってるんじゃなぁ」

というか、こいつも色々あったんだなと思う。

三十年以上も、何も知らずに付き合っていた。

「転院先も聞いたけど、行けなかったよ。何たって俺自身が焼け出された高校生だった訳だから、自由にはならないんだよな。病院に電話してみたけど、取り次いでは貰えなくて、伝言頼んだけど、どうなったか判らん。で、俺は大学の寮に入っちまった」

それきりなのかと尋《き》くと、それきりなんだと答えられた。

「半年くらいはなあ、気にしてたんだけども、俺ほら、こんな性格だからさ。チャラい訳。キヨミのことは本気で好きだったけどね、どうしようもないのさ。連絡先が判らないんだし。でもって普通に学生やってりゃ浮いた話もあるだろ？　お前みたいな朴念仁《ぼくねんじん》は知らないけどよ。まあモテりゃモテただけ増長するしな。カノジョっぽい娘とかも出来てよ。でもちゃんと交際とかはしなかった。やっぱ気になってた訳だよ」

それも一年くらいだったかなあ、と大垣は言った。

半焼となった実家は借家だったらしく、結局取り壊されてしまったのだそうだ。大垣の両親は何処かに移り住んだということなのだろう。推測するに大垣はその所為で郷里との縁も切れてしまい、須田清美の行方を追う術《すべ》もなくなってしまったらしい。

大学二年になって、大垣は同じゼミの娘と交際を始めたという。

本人の談に依《よ》れば、言い寄られたのだそうだ。

その子は茨城《いばらき》出身の家庭的な娘で、アパートで一人暮らしをしていたらしい。大垣は寮を抜け出して、よく彼女の家に泊まったという。

「一年くらいは続いたかな。由香利《ゆかり》って名前だった。料理とかしてくれて、まあパスタとか、美味かった。それがな、突然別れてくれと言われた」

「浮気でもしたか」

「しない。俺はチャラかっただけで、そんなにモテた訳じゃない」

田舎のイケメンも都会じゃ十人並みかと言うと、イケてなかったんだ田舎でもと大垣は応《こた》えた。

「チャラかっただけなんだ。だから、まあ浮気なんかしないよ。だから理由がない。訳が判らなかった。別れのセリフがな、ココナッツって何、だった」

「意味が解らないよ」

「俺も判らなかった。でも、何か頑《かたく》なでな。もう何を言っても別れて欲しいの一点張りでな。釈然とはしなかったが、別れたよ。それで暫く、俺のモテ期は終了してさ。残りのキャンパスライフは、女気のない侘《わ》びしいものだったぞ。慥《たし》か最初の同窓会があっただろ。その頃の俺は、だからモテない苦学生だった訳だよ。金もなかったからな」

卒業後、大垣は中くらいの規模の設計事務所に就職したのだという。

就職して二年目に、大垣は経理の女子職員と恋仲になった。

「結婚を考えた。まあそういう年齢だろ。俺、チャラいのは卒業してたからな。慥かその頃一度会わなかったか？」

「会った。清水《しみず》の結婚式だ。こっちでやったんだよ。お前、そういえば結婚式って金掛かるよなあとか言ってたっけな。俺は祝儀の話かと思っていたが、そうじゃなかったのか、もしや」

「ホントにつまらないことは覚えてるな。まあ、その頃俺がそう言ったなら、間違いなく自分の挙式のことを念頭においた発言だよ。結婚する気でいたものさ」

お前に先を越されるとは思ってもみなかったがなあと大垣は言う。

「また別れてくれと言われた。理由は尋くなと言う。納得出来ないさ。何度尋いても何も言わない。でもなあ、前のこともあるからよ、どうしても理由が知りたかった。俺が気づいてないだけで、自分に重大な欠陥があるのかもしれんからな。そしたらな」

あの女《ひと》は誰――。

「あの人？」

「判らなかった。俺はさ、その頃全然浮ついてなかったし、仕事も忙しくてな。彼女以外に口を利く女なんか、総務のオバさんくらいのものだったから、浮気だの二股《ふたまた》だのあり得なかったんだって。大体、彼女はもう俺のマンションに半分棲《す》んでてさあ、半同棲《どうせい》状態だったんだから。まあ身に覚えもないし、激しく言い訳したさ。そしたらな、彼女も激昂《げきこう》して」

いつも台所にいる女《ひと》よ――。

「台所？」

「誰もいねえさ。俺はその頃、小振りの賃貸マンションだ。1Kだぞ。結婚したら引っ越そうと思って部屋探ししてたくらいで、誰かがいる訳ないのさ」

「いつも、というのが解らないが」

「俺も解らなかった。そしたらな」

「しなかったたな」

何が違うのよ、もう我慢出来ない——。

「それが捨て台詞《ゼリフ》だった。彼女、事務所も辞めて郷里の福岡《ふくおか》に帰っちまった」

「益々《ますます》解らないな。お前ホントに心当たりなかったのか」

「ない。というか——その時はないと思った」

「その口振りだとあった、ということか？」

判らないと大垣は言った。

「だから相談している」

「お前に判らんものが俺に判るか。そもそも、その話だって既に二十年以上も前のことじゃないのか？　そんな昔の痴話喧嘩の理由が、俺に判る訳がないだろう。俺はＮＳＡじゃないよ」

もう少し聞いてくれと大垣は言った。

その後、大垣は緩い女性不信になって、数年は仕事に打ち込んだのだそうである。その甲斐《かい》あってか、三十路《みそじ》を前にして大垣はヘッドハンティングされたのだという。声を掛けて来たのは中堅の建設会社で、バブルが崩壊して勤め先の事務所も左前になっていた頃だったから、大垣は喜んで転職したそうである。

「もう結婚とかは考えてなくてな。でも、まあ多少の女出入りはあったが、別にどうでもなかった。だからもういいのかと思った」

「いいのか——って？」

「ああ」

「何がいいんだ？」

「俺な、その福岡の女と別れた後に思ったんだよ。もしかしたら」

キヨミじゃないのかって。

「あ？」

「死んでたんだ。キヨミ。女が出てった後に突然悪い予感がしてさ、ちょっと親に尋いてみたんだよ」

「尋いたって――何を」

「だから一緒に焼け出された酒屋の娘の消息をさ。そしたらな、知ってたよ。キヨミはさ、意識は戻ったものの後遺症みたいなのが残って、身寄りもなくて、働くことも出来なくて、火事の――翌々年に死んだって」

「おい。それ――自殺ってことか」

大垣は頷《うなず》いた。

「ドアノブに紐《ひも》掛けて座ったまま首吊《つ》ったんだそうだ。死んでたんだよ。俺の誕生日にスイートポテト作って、渡せないまま火事に遭って、それで生き残ったのに会うことも出来ず、そのまま――死んじまってた」

「そうなのか」

僕は複雑な心境になった。

この齢《とし》になると、まあ同級生も結構亡くなっている。多くは病気や事故だが、偶《たま》に自殺の報《しら》せも受ける。自死する理由は様々だけれど、まあ人生に草臥《くたび》れたような、そんな話ばかりを耳にする。馬鹿だと思う。失敗したって死ぬことはないだろうと思うのだ。

生きて行けないから死ぬというのはおかしい。本当に生きて行けなくなって死んでしまったというならこれは不幸としか言いようがないが、その末路を予測し、先んじて死ぬことはないだろう。ほっておいても遠からず死ぬというのなら、それまでは生きていればいいのだ。

でも、須田さんは。

三十年以上前に死んでいた。

「お前、まさか」

「いや――俺を怨《うら》んでるような気がしてな。丁度、大学時代の彼女とダメになる直前くらいに死んでるんだよキヨミ。で、もしかしたら台所にいた女って」

「いやいや。だってな、そんな、幽霊だったらその、九州の彼女もそう言うだろ？」

「佳奈子《かなこ》――佳奈子っていう名前の女だったんだが、佳奈子は台所にいつもいる女、と言ったんだよ。いいか、いつも、だぞ。それ生きた人間じゃねえよ。誰かがいたのだとしても、普通、いつも台所になんかいないだろうよ。そう考えないと――いやそう考えると辻褄《つじつま》が合うだろ」

「いや、辻褄というかな、大垣。それは――」

「お前がそういうの信じないってのは知ってるよ。俺だってそうさ。でもまあ、気持ちは解るだろ。そう考えたんだよ、その時は。そうとでも考えないとやってられなかったんだ。由香利が別れたがった訳も、佳奈子が出てった理由も判らないし、キヨミのことだって――何というかなあ。後悔というかさ」

まあ、その辺の気持ちは理解出来る。

「怨んでるんじゃないかと思ったんだよ。だから俺に女が出来ると化けて出て」

「追い払うってのか？」

「そう。でもな、まあ、その時はそう思ったんだけどな、その後はどうということはなくて」

「それで――もういい、か？」

「そう思ったんだよ。実際女が俺のとこ泊まっても何もないし、何日いたって何も起きない。まあ俺も落ち着いてたし、同棲みたいな具合にもなってな、それこそ結婚迫られたりもしたが、そうなると何だか微妙に醒《さ》めちまってなあ。結局籍は入れないままズルズルと何年か暮らしたりした女もいた。でもな」

「何も起きなかったって？　じゃあ」

「そう。ま、だから赦《ゆる》してくれたというよりもな、キヨミは最初から関係なかったのかもしれないと思い直したりもしたよ。と、いうより忘れてたよ正直。キヨミには悪いけど、そんな――覚えていられないよな。毎日の生活もあるしな。違うか？」

違わんよと答えた。

死を悼む気持ちは尊いし、当然持つべきだろうとも思うが、それによって日常が脅《おびや》かされるのは間違っている。遺《のこ》された者が後ろ向きに生きることを望んで逝《い》く者は、それ程多くないだろう。

それが普通だよと言った。

「まあ——そうなんだよ。全く何も起きなかったしな。でもまあ、そういうのって一回外れちゃうと中々戻らんのだよなあ」

「そういうの——というのは、結婚する意志とかいうことか？」

「まあそうだ。結婚して家族を持って——という、その手のモチベーションが、持ち直すどころか日に日に下がって行く訳だ。面倒臭くなる。色々手続きもあるし、その後の生活設計とか、あるだろ。嫁の実家との付き合いだとかあるし。独《ひと》りは、楽といえば楽なんだよ。そうしてるうちに四十超えて、更に面倒になる訳。事務所も独立して、仕事も忙しいし、女の機嫌取るのも億劫《おっくう》になる。そのうち女も居着かなくなってさ。気が付けば哀しい中年だぜオイ。お前みたいにとっとと結婚して巧《うま》くやってる奴には解らないよ、この——虚《むな》しい感じは」

「おい大垣。相談の主旨が見えないよ」

今まではフリだと大垣は言った。

「長いフリだな」

「俺な、この間まで内縁の妻がいたのよ」

大垣はそう言った。

何だ。

「そうなのか。哀しい中年じゃないじゃないか。お盛んだお盛ん。いや──待てよ」

過去形──なのか。そう尋いた。

「まあ過去形だ。お前にメールしただろ。先月か。あの時だよ」

「どうしたんだ？」

追い出したと大垣は言った。

「追い出した？　逃げられたんじゃなくて？　お前が追い出したのか？　何でまたそんなこと──喧嘩でもしたのか、いい齢して。あのな、痴話喧嘩の仲裁なんかすんのは御免だよ」

違うよと大垣は言う。

「気が付いた」

「何に？」

やっぱりキヨミがいたと大垣は言った。

「どういうことだ？　何もなかったんじゃないのか？　忘れてたんだろ」

「ああそうだ。何もないんだよ、台所に立たなきゃな」

「何だって？」

「この前まで俺が暮らしてた女はな、料理学校出て、それからフランスでパティシエの修業して、戻ってからフレンチレストランに勤めたりしてた人でさ。ま、どうも気取った感じが肌に合わなかったらしくて、そこ辞めて街のケーキ屋かなんかで燻《くすぶ》ってたんだが、俺、その店の改修工事を受けててさ。それで知り合って、まあ成り行きでな。ちょっと鈍感なとこがあって、でも佳《い》い女だよ。多佳子《たかこ》っていうんだけど、十五歳くらい年下で、それでもそんなに若くはないわな。暢気《のんき》な奴でな。物ごとあんまり気にしない女なんだよな、俺のことも。お互い気を遣わなくていいし、楽な感じのいい関係だった。そんなだから籍入れようとか、まあんまり真剣には考えなかったけど、ずっと一緒でもいいかなと思ってた。でもなあ、そういう女だからよ、料理はする訳」

「まあ——するだろうな」

「俺はしないんだよ。基本外食。で——」

声がする——と多佳子さんは言ったのだそうだ。

声って何だという話なのだが、料理をしていると耳許《みみもと》で、

「違う違うって言うらしい」

「違う？」

「そう。俺はナニ空耳してんだよと笑ってたけどな。俺はそんなこと言わないし。そもそも何が違うのか判らん。そしたら」

言うのは女の人よ——。

「女？」

「ああ、女の声でそう言うんだと。ちょっとイカレたかなと思ったが、まあ本人もそんなに気にしてる様子はなくてな。聞こえても、別に違ってないよ、とか答えるんだそうだ。ホントに間違ってたら、アラそうねかなんか言うと」

「会話するのか。いや、だって」

「いないんだけどな、人は」

「それはまた――」

「鈍感なんだよ。良い意味でな。あんまり本気にしてなかったんだけどな、そこで思い出したんだよ。佳奈子の最後の言葉を」

何が違うのよ、もう我慢出来ない――。

「違うと言われてたんだ。佳奈子も」

「台所に――」

「いつもいる女にさ」

「それはお前」

「考えてみれば佳奈子から多佳子までの間に付き合った女はな、誰も料理しなかったんだよ。台所にも立たなかったよ。そういう女ばっかりだった。赦してくれたのでも、いなくなったのでも、最初からいなかったのでもないんだ。キヨミは」

ずっと台所にいたのさ。

「俺な、そこで多佳子に尋いた訳。声だけなのかって。気配とか、そういうのはないのかって。そしたら別にないけど、とか言う。でもな、多佳子って、何度も言うけど鈍感なんだよ。それに料理好きだから料理してる時は集中してる訳。たとえ後ろに誰か立ってても気付かない、そういうタイプなんだよ。でな、俺」

そこで大垣は突然黙った。

顔が益々蒼い。

そう、僕がこの店に入った時に大垣がいるのに気付かなかったのは、この顔色の所為ではないのか。僕は地黒だし学生時代から不健康だが、大垣は元々血色の良い男だ。肌の艶《つや》も張りもある。頭は多少薄くなったが、それでも同年代のオヤジどもよりずっと若く見える。いや、六年前だか五年前だかまではそう見えていた。それが——どこか弱々しくなっている。覇気がない。

「あのな、芋よ、芋」

大垣は力なくそう言った。

「す、スイートポテトか」

「それ。多佳子にな、作ってくれないかと頼んでみたんだよ。まあ、難しい菓子じゃないし、作れないなんてことはないだろうさ。パティシエなんだから」

「何でそんなこと頼んだんだ？」

「何を言われるのか聞きたかったんだよ」

「何を？　何をって何だよ」

「まあな、のっけから違うって言われたらしい。それはいつものことでな、違う違う言われても、多佳子はマイペースで作り続けた。そういう女なんだよ。で——俺は作り方とかよく知らないんだけど、牛乳を入れるらしいな。そこで」

ココナッツミルクよ——。

「そう言われたそうだ」

「ココナッツミルク？」

「そう。そうなんだよ」

大垣は眼を見開いた。

「ほら。俺の、大学時代の彼女な、由香利。由香利はさ、別れる時に」

ココナッツって何——。

「あ」

「作ってたんだよその時。由香利は。スイートポテトを。俺は何だか判らなかったけども、慥《たし》かにあったんだよ台所にさ。裏漉《うらご》しした芋とか。バターとか。料理の途中で別れ話かよと思ったんだよ、そん時。すっかり忘れてたけど。だから余計に意味判んなかったんだよ。でも漸《よう》く判ったんだよ。そうだろ？　キヨミはさ、スイートポテトに、牛乳じゃなくてココナッツミルクを使ってたんだよ。そうなんだよ」

「落ち着けよ大垣。それで、それでどうした」

どうもしないよと大垣は暗い声で言った。

「多佳子の作ったスイートポテト喰ったよ。まあ美味かった。プロだからな。キヨミの作ってくれたのとどう違うのかは判らなかった。三十何年前に一回喰っただけなんだから。覚えてる訳ねえよ。でもなあ」

いるんだよ台所に。

ずっといるんだよキヨミ。

「それで——追い出したんだ。多佳子を。あいつは鈍感だからな。何かあってからじゃ遅いしな」

「いやあ——それは」

鈍感なら何も感じないのだから、別にいいのじゃないかと言おうとして、やめた。

大垣はその多佳子さんのことよりも、亡くなった須田さんのことを気遣っているのではないのか。多佳子さんの身が危ないとか、そういうニュアンスは感じられない。大垣はつまり、生きている者より死んだ者を選んだということじゃないのか。

僕は黙って、顔色の悪い友人を眺めた。

「どう思う。俺は——おかしいかな」

まあ——おかしいだろう。何もかも自己申告なのだし、どこまで真実なのかも判らない。混乱したり錯乱したりしている可能性もあるし、ならば過去だって改竄《かいざん》されている可能性がある。記憶などというものはいとも簡単に書き替えられてしまうものなのだ。

そうでなくても、大垣が変調を来《きた》していることは間違いない。立ち居振る舞いは極めて普通にしようと心掛けているようだが。

顔が。

「おかしくないよ」

僕はそう答えた。それ以外に答えようがなかった。

大垣は、何故《なぜ》か安心したように笑みを見せた。

「そう――だよな」

「大変だったな」

大垣は大変だったよと言って、何杯目かのハイボールを空けた。

僕は、何とも言えない気持ちになって、ジンジャーエールを飲み干した。

その時は――それで別れた。

それから二箇月くらい後のことである。

クリスマスだったと思う。

大垣から、訳の判らないメールが届いた。本当に意味不明で、文章にさえなっていなかった。

ただ、何となくだがレシピっぽかった。芋だのバターだの、そういう単語が確認出来る。後、何グラムとか潰すとか何分とか、そういう数字のようなものもある。でも、何だか全体的に壊れていて、実に奇っ怪だった。

こりゃ何だと返信したが、返りはなかった。

僕は心配になった。

そこで、やはり大垣を知る桑田《くわた》という同窓の男に連絡を取って、大垣の住所を尋いてみた。

桑田はちゃんと年賀状もくれるから大垣よりは親交がある——と、言いたいところだが、別に頻繁に連絡を取り合うという間柄でもなく、やはり六年ぶりのコンタクトだった。蓋《ふた》を開ければ僕のアドレスを大垣に教えたのは桑田なのだった。九月の初めに尋ねられ、別に友達なんだからいいだろうと思って教えてしまったのだそうだ。拙《まず》かったかと気にするので、先日の一件を簡単に話した。口止めされた訳ではない。桑田はそれは何だかヤバい感じだから行くなら一緒に行くと言い出した。行くといっても年末年始はそれなりに忙しい。

そこで、年が明けるまでに連絡がつかなかったら、改めて二人で訪ねてみようということになった。

暮れから正月にかけて僕は何度かメールをし、桑田は電話もしたようだが、大垣と連絡はつかなかった。

そこで、一月八日に訪問してみることになった。

大垣のマンションは大塚《おおつか》にあるのだそうだ。独立して個人事務所を設立した際に中古マンションを買ったのだという話だった。

桑田は僕よりもずっと大垣と親しくしていたらしく、何度か家に遊びに行ったこともあるという話だった。多佳子さんとも会ったことがあるという。多佳子さんは、概ね大垣が説明した通りの人だったらしく、そういう部分では嘘も錯乱もないようだった。大らかで、のんびりした感じの女性だったのだそうだ。桑田は入籍していないということを知らなかったようで、ずっと奥さん奥さんと呼んでいて、大垣も多佳子さんもそれに就いて否定はしなかったらしい。

仕事も順調そうだったし、二人とも幸せそうに見えたと桑田は語った。

最後に訪ねたのは夏だったというから、それなら僕が最初のメールを受け取る前のことである。

桑田が案内してくれたのは、それはもう何の変哲もないマンションだった。

オートロックではない。管理人もいなかった。

三階だということなので階段を上がった。

表札には大垣卓哉と記してあった。チャイムを押したが、返事はない。僕は桑田と顔を見合わせた。押し掛けたところで留守ではしようがない。念のためになんぞと言ってドアノブを捻《ひね》ってみたら。

開いた。

少しだけ嫌な予感がした。まあテレビドラマなんかではこういう場合、大抵は倒れていたり死んでいたりするのである。

しかし、そんなことはなかった。

内部も荒れている様子はなかった。単に鍵《かぎ》を掛け忘れて外出したのであれば、僕らは立派な不法侵入者だ。

でも。

生活の気配がない。掃除したての綺麗《きれい》さではなく、使っていないから汚れていないのだ。ところが、台所だけは結構な感じに汚れていた。

何かを作りかけでやめて、そのまま放置したという感じだった。

「これ、もうかなり日が経ってるぞ」

桑田は顔を顰《しか》めた。

「昨日今日じゃないよ。何作ってたんだ？　これ、夏場だったら大変だよ」

僕は――。

何を作っていたのかすぐに判った。

大垣は、スイートポテトを作ったのだ。

ほぼ外食で、料理のりの字も知らないくせに。

聞きたかったのか。

須田さんの声を。

違う違う。

ココナッツミルクよ。

僕は耳を澄ましてみたのだが、当然何も聞こえはしなかった。

何の変哲もない極一般的なシステムキッチンである。でも、多佳子さんはこの場所に立って、その誰とも知らぬ女の声を聞いたのだろう。

でも、やっぱり何も聞こえなかった。

ふと目を遣ると、流し台の横にスマホが置いてあった。電源は落ちていたが、触れた時に一瞬起動した。

僕に届いたあの妙な文言が見えた気がした。

やっぱりレシピだったのか。

僕と桑田は再び顔を見合わせた。

結局為《な》す術はない。いくら汚いからといって台所を綺麗にして帰るのも変だろう。不法侵入して洗い物をして帰るなんて、やはりおかしい。

暫くは言葉も交わさず、二人で呆然《ぼうぜん》としていた。

結局、そのまま僕らは帰った。

これが、よくある怪談噺《ばなし》——というか怪談実話的な本に載っている話なら、まあ大垣は確実に行方不明になるか、死んでいるということになるだろう。例えば、須田さんのお墓の前で息絶えているとか、そんな展開が一番収まりが良い。

怪談なら、である。

ただこれは怪談じゃないので、そう上手《うま》くは行かないのだった。

それから三箇月後。

桑田から大垣が発見されたという報せが入った。

発見というからには死んでいたかと早合点したのだが全く違っていた。

大垣は、まるで縁のない場所——山口《やまぐち》県下関《しものせき》市の施設に収容されていた。

下関市内を徘徊《はいかい》しているところを警官に保護され、そのまま施設に入れられたのだそうだ。

保護された時、大垣は裸足《はだし》で、汚れた服を着ており、無一文だったという。そのうえ身分を証明するものも何一つ所持しておらず、何を尋ねても意味不明のことしか言わなかったらしい。

ただ、決め付けるようなことを署員が言うと、

「違う、違う」

と否定したそうである。

身元不明であるし、解放する訳にもいくまい。だから施設に入れるよりなかったのだろうが——それよりも先ず、下関の警察は大垣のことを老人だと信じ込んで疑わなかったらしい。

どう見ても七十過ぎにしか見えなかったそうである。従って、これは加齢による認知症、記憶障害、行動障害——まあ、一般にいうところのボケ、徘徊老人と呼ばれるものなのだろうと、警察は判断したようである。

こういう話を聞くと、やはり祟《たた》りだ呪いだという決着をつけたくなったりもするのだけれど——どうもそれも違っているのだ。何故なら、大垣は収容後に回復の兆しを見せ始め、朦朧《もうろう》とした過去の記憶も徐々に戻り始めているのだそうである。そうでなくては身許が知れる訳もないのだ。どうも警察から桑田に連絡が入ったらしい。大垣の親族は既に誰も生きておらず、一番親しい友人は桑田だと本人が申告したのだそうである。

桑田は、夏が来る前に一度山口県に行ってみるつもりだと言った。

状態によっては施設を出られるかもしれないという話である。

まあ、一安心という話ではある。

但《ただ》し。

僕には、いくつか納得の行かないこともある。

調べてみたところ、大垣の両親は共に例の火事で亡くなっていたことが判明した。

一方、リカーショップ須田の経営者——須田清美の両親は火事で死んではいなかったのである。ただ、清美が自死したことだけは事実のようだった。時期も死に方も大垣の言った通り間違いはない。だから大した差異はない。ないが——。

ならば大垣は、清美の死を誰に聞いたというのだろう。

情報を提供してくれた筈の大垣の両親は、疾《と》うの昔に亡くなっていたのである。その両親と電話で話をしたと言っている時点で、もう大垣は充分におかしいということになる訳だが、そうなら、何もかも、すべてが大垣の妄想だとするならば。

どうして清美の自殺の詳細だけは事実と符合しているのだろう。

そして更に不可解なのは、大垣が清美の動向を知っていたというところである。清美が火事のあった日にスイートポテトを作ったのだと、どうして大垣は知り得たのだろう。火事があった日から清美が自殺するまでの間、二人は一度も会っていないのである。電話も出来ない。手紙の遣り取りもない。意思の疎通は出来ない筈だ。そのまま清美は死んでしまったのである。

どうにも納得が行かない。

どこまでが妄想で、どこまでが事実なのか、境界が曖昧《あいまい》で、実に尻《しり》の据わりが悪い。

それも、当たり前だろうとは思う。

何故なら。

この話は——最初から最後まで、全部嘘だからである。

ちくら

これはまあ嘘だと思うんですけどね――。

大木《おおき》はそう言ってからコーヒーカップを手に取り、飲むのかと思いきや結局皿に戻した。

「何だい、嘘なのかい」

僕はそう言った。

大木は、紙業会社の営業をしている男で、十年程前に知り合った。昔風に言えば紙問屋ですよが口癖の、巨漢である。百二十キロは超えている。腰は低いし丁寧な仕事をするが、調子の良いところもある。

嘘といいますかですね――と言いつつ、大木は半笑いで、汗もかいていないのに額を拭《ぬぐ》った。

「あちこち盛ってると思います」

「まあ、その手の話は盛るものさ。上手《じょうず》に盛れれば広まるし、盛りが下手《へた》なら消えていく。そういうものだからね」

夕暮れ間際の喫茶店は薄暗い。明かりを点《つ》けるにはまだ少し早いのだ。

大木はその体格故に医者から酒を止《と》められているため、酒場には顔を出さない。元々酒好きという訳でもなかったようで、禁酒の方は苦にならないようだが、酒席にはつまみが付きものであり、まあ目にすると喰《く》ってしまうというのが真相らしい。喰う方は止《や》められないのだ。

そんな訳で彼とは喫茶店で会うことが多い。

店は空《す》いていた。

僕達二人以外に、客は和装の女性が一人いるだけである。

結婚式か何かの帰りか、もしかしたら日本舞踊でもしている人なのだろうか。取り分け見る気もなかったのだが、大木の真後ろに座っているものだから、厭《いや》でも視界に入ってしまうのである。じろじろ見るのは失礼だし、値踏みでもしているように思われると困るので、大木の大きな顔に視線を移した。

「そういえば少し痩《や》せたかね」

そんな気がしたので言ってみた。半分くらいは嫌味のつもりだったのだが、はいと言われた。

「二十五キロ痩せました」

「二十五キロ？　そうなのかい。それは大層な数字だが、ダイエット成功――とは思えないけども」

「成功どころかねえ。それでも百キロキープですし」

言葉がない。

まあ、二十五キロも痩せたら普通はげっそりして見えるものだが——というか五十キロの人なら半分になってしまう訳だが——それ程の変化は見られない。多少顔の輪郭がすっきりしたかな、という程度である。痩せるための努力をしているのかと尋《き》いてみたのだが、別段何もしていないということだった。まあ、過度なダイエットは健康を害するものなのだが、この男に関してのみは、何であっても痩せた方がいい。

「で、何が嘘なんだ？」

「それですよ。その手の話はお得意でしょう？」

どの手だよと尋くと、祟《たた》りですと返された。

「祟りだ？」

「幽霊とか。怖がらないじゃないですか」

「そりゃそんなものはいないからだよ。幼児じゃないんだから、そんなもの怖がるのはテレビの特撮の怪人とか観て怖い怖い言うようなものだろう」

「特撮好きじゃないですか」

「面白いからね。だから幽霊も好きだけど」

「いやいや、だから嘘だと思うんですけどね——」

嘘と言ったのは、僕に話を聞かせるための予防線だったらしい。

僕はまあ、大木の言うその手の話は嫌いではないのだが、信じてはいない。いや、もう、信じる信じないというようなレヴェルではないくらいに醒《さ》めている。いやいや、僕は人間が長い歴史の中で積み重ねて来た叡知《えいち》こそを信じている訳で、そうした理《ことわり》に照らすなら、そんなものはない。いや、文化としてはあるし、人が生きていくためにそうしたものを必要とする状況があるということは理解出来る。心のありようとしては大いに赦《ゆる》すところである。

でも、ないものはない。

ただ、僕は頑固な人間ではない。頑迷なあり方というのは決して理知的とはいえないと思う。だから出来るだけ柔軟でありたいと努力もしている。もし納得出来るような理を示されれば、いつだって変節すると思う。その用意はあるのだが、今のところ僕を説得してくれる人にも、理論にも巡り合ったことはない。

そんな訳で、ビリーバーはともかく——その人が強い信念や大きな夢を持っている場合は見逃すのであるが——そうでもないのに頭から信用しているようなケースでは、相当に厳しいことを言うようである。だから何を言われるか判らないと思ったのだろう。

実は、不本意ながら話を合わせることも多いのだけれど。僕の場合、筋を通すより面白い方を選ぶこともままあるからである。

いいから言ってみなさいよと言うと、大木は向かいの鉄工所のオヤジなんですよと訳のわからないことを言った。

「鉄工所って何だい」

「鉄工所は鉄工所ですよ。何か鉄の部品を作ってるんでしょう。うちの実家の筋向かいにあるんです。桑島《くわしま》鉄工所という看板が出てるから鉄工所なんです。とはいうものの小さな町工場なんですが、創業はかなり古くて、看板なんかも木製で、そこの先代というのがもう七十過ぎでとっくに隠居してるんですが、一箇月前に死んじまったんです」

「桑島さんがかい」

「七十五だったと」

「まあ、珍しい話じゃあないな。死因は？」

「衰弱死、多臓器不全ですね。最後の一週間くらいは寝たきりで」

「益々《ますます》珍しい話じゃないと思うが、それが祟りなのか？」

「急《せ》かさないでください。そのまあ、近所の噂じゃあ、若い二号さんを——いや、古い言い方ですね。お婆さんは先に亡くなってるから、二号でもないし不倫じゃないし、お妾《めかけ》さんというのは差別用語ですか？」

「愛人でいいんじゃないか。内縁の妻とか、特殊関係人とか」

「同居してた訳じゃないみたいですが、まあ三十過ぎくらいの、婀娜《あだ》っぽいお姉さんを連れ歩いてたんですわ。私も見たことあります。何だか、こう花柳界の人っぽかったですが。芸者さんかな」

「連れ歩いてたって、病気じゃなかったのか」

「だから、死ぬ一週間くらい前まではまだ普通にしてたんですよ。というか、死ぬ半年くらい前までは早朝にウォーキングなんかしてたんですから。だから何処にでも行きますよ。ヒマですからね。パチンコも行くし競馬場も行くし、コンビニにもスーパーにも行きますよ。町内の防災訓練にも、うらぶれたスナックにだって行く。でも、何処に行くにも連れているんですよ、そのご婦人をね」

「そうかい。まあお盛んで良いことだ。四十も齢《とし》の離れた彼女か」

「私なんか四十になって嫁もおらんですわ。あやかりたいですわ」

「そんなもんにあやかったら君の相手は〇歳じゃないか」

年上でもいいくらいですけどねと大木は言って、漸《ようや》くコーヒーを口にした。

「この彼女がですね、まあ楚々《そそ》とした美人で、こう三歩下がってね、後ろをついて行くんですな。禿《は》げた爺《じい》さんの。腕組んだり肩寄せたりしないところがまた、奥床《おくゆか》しいというか、年寄り好みといいますか」

一向に話が見えない。

「まあ、連れ歩いているところは何度も見ました。別に隠すつもりもなかったんでしょうな。近所の人はみんな知ってますよ。面と向かってお盛んですなあ、などとは言いませんがね。割に短気だったんですよ、その爺さんは。ただ、どうにも不思議なのは、家の者がその女性のことを知らないってとこで」

「知らない？　家の人だけは見てないのかい」

「見てはいるんですよ。家の中にもいるんだから。でも、紹介してはくれなかったらしいですな。だから誰だかは知らんのです」

大木の話だと、桑島老人は離れで起居しており、どうやらそこにその女性もいたらしいのだが、その老人は家族に対してもあからさまに恍惚《とぼ》け通していたらしい。

しかし、そんなことが可能なのだろうか。

「可能だったんでしょうねえ。まあ、その爺さんが暮らしてた離れってのはですな、隠居してから建て増したようなんですが、要は半二世帯住宅のようになっていた訳で、まあ食事も家族とは別だったらしいですからね。といっても、自炊してたって訳じゃあなくて、朝晩お膳《ぜん》を運ばせていただけのようですが——そういうことは全部死んでから聞いたんですけど、爺さん、悠々自適の老人ライフを送っていた訳ですよねえ。うん、あの爺さん」

羨《うらや》ましいなあと大木は言った。

「それにしたって離れというからには玄関は一緒なんだろう。そんな、赤の他人が勝手に家に入って来られるものなのかい」

「出入りは必ず爺さんと一緒ですわ。ただいま、と帰って来て、お帰りなさい、と受ける、で、そちらはどなた様と尋ねても、爺さんが答えなきゃあそれまでです。何だよ無視かい、という話ですよ。二度目からは、おやまたあの人だ、でしょう」

「まあそうか」

「そんなですからね、まあ、爺さん年甲斐《としがい》もなく頑張り過ぎて精も根も吸い尽くされたんだろうと、近所じゃこう評判になった訳ですけどね。で、それは前置き」

「長いなあ」

桑島鉄工所の現社長——つまりその亡くなった老人の息子というのは大木の高校の先輩で、しかも大木とは卓球友達であるらしい。こんな巨体があんな小さな球を追って跳ね回るところを想像すると、愉快極まりない。その辺の諸々《もろもろ》は実のところかなり面白そうな具合ではあったのだが、そこに触れてしまうと話が脱線するので詳しく聞くことは諦《あきら》めた。まあ、そういうこともあるのだろう。

そうした縁もあり、近所付き合いもあるからということで、大木は遺品の整理を手伝わされたのだそうだ。

「まあ、紙ものが多いんですよ。昔で言えば紙問屋であるところのこの私が言うのも何ですが、紙ものってのは選《よ》るのが大変なんですよ。一枚一枚目を通さにゃならんでしょう。それがあなた、新聞や雑誌のスクラップから、映画の陳ビラとか、チラシとか、ええと、何です？　あのロビーカードってんですか、ああいうのとか、カビの生えたようなマルベル堂のブロマイドとか。昔の女優とか知らないので誰が誰だかですけどね。年賀状から督促状、駐車券、小学校の通信簿まである。そんなもん纏《まと》めて捨てちゃえばいいんですけど、息子の隆文《たかふみ》さんってのが、まあ言いたくはないけどしみったれで。高価《たか》く売れるものもあるかもしれんと」

「それはなあ。売れるとしても——聞いた限りは映画関係のものくらいだろうなあ。でも、昨今は景気が悪いからね、買い取ってくれる処《ところ》を捜すのも大変だぞ」

　オークションですオークションと大木は言った。

「ネットオークション。まあ何でもかんでもレアとか書いとけば、引っ掛かる奴もいるぞと」

「詐欺じゃないかよ」

「いや、レアかどうかは主観ですからね。それにしたって、まあ分類くらいはせにゃならんでしょう。取ってはあるけど未整理ですよ。茶箱みたいなものとか、段ボールとかに、わさっと入ってるんです。後は紐《ひも》で束ねて積んである。しかも時代もまちまち、判型も何も揃っちゃないんですから大変で」

「紙問屋でもか」

「紙問屋でもです。だって、私ゃ何も印刷されてないものを売ってるんですから。私の扱う紙は、断裁もしてないですよ」

「で、何なんだよ」

　僕はもうコーヒーを飲み干してしまっている。もう一杯注文しようかとも思ったのだが、ウエイトレスを呼ぼうとした途端に、これですよと言われた。

「何がこれなんだ?」

　大木は鞄《かばん》の中をまさぐっている。

「いやいや、そのね、書き物机の上に置いてあった文箱《ふばこ》の中にあったんです。まあ、魔《ま》窟《くつ》のような押し入れの方から始めたんで、いい加減疲れて、まさかこんなとこにもあったりしてなとか言って、蓋《ふた》を開けたらあったんですわ」

「何が」

「これ。彼女の写真です」

大木は封筒から古びた写真を出した。

「写真？　これ古くないか？」

「はあ。そう思いますか」

「思うというより古いだろうさ。おやおや、これか？」

「はい、その人が死んだオヤジさんの彼女です。髪形はちょっと違いますが、まあそういう人でした。見たことのある人は全員、おおその人だと言いますね。太鼓判」

「太鼓腹じゃあないか君は」

実際、かなり古い写真のように思える。紙も黄ばんでいるし、手触りも今の紙ではない。絵柄も古臭い。セピア色というより黄ばんでいるし、ピントやらも微妙な感じで、レタッチしたような跡もある。楕《だ》円《えん》形にトリミングして焼き付けてあるデザインも時代を感じさせる。

「どうです？」

「どうですと言われてもなあ」

写っているのは、まあ美人といえば美人である。美醜の感覚というのは、それこそ主観の問題であるから断定することなど出来ないけれど、一般的には綺麗《きれい》な人と呼ばれるルックスなのだろう。ただ、現代人の感覚から言えば――昔臭い顔立ち以外の何物でもない。日本髪を結い、和服を着ているという所為《せい》もあるだろうが、顔付きがもう、現代人ではないのだ。

「古いよな」

「そう思いますか。でも、その人はこの間まで、爺さんの後ろを楚々と歩いていた女性です」

「じゃあ細工したのじゃないか。あのねえ、今日日《きょうび》写真を古めかしく加工することなんか簡単だぞ。わざとそうしたんじゃないのかい？」

何のためにですと大木は言った。

「そんなことは知らないよ」

「あのですね、私は紙問屋ですよ、昔で言えば。紙の扱いは専門なんですわ。ですからね、ちょいと調べて貰《もら》ったんですよ。そうしたら、この印画紙、今のものじゃあないんです」

「わざわざ昔の紙を使って細工するという手だってあるんだぞ。江戸《えど》時代に漉《す》かれた古紙に、江戸期に使われていた顔料なんかを使って、江戸の手法で刷ったニセモノの錦絵《にしきえ》だって、作れないこともないさ。その場合、製作費が相当高くつくけども、写真なら」

「何のためにですよ」

「だから知らないよ」

これは絶対に古い写真なんですよと大木は断言した。

「随分と自信があるじゃないか」

「証拠がありますもん」

大木はしたり顔になり、また鞄を探って、今度はクリアファイルに入った紙の束を出した。何か刷り物のようだった。

「これはですな、色校です」

色校というのは色校正紙の略で、カラー印刷の具合をチェックするための試し刷りのことである。

「何の色校だ？」

そんなものが証拠になるのか。

大木は見せるのかと思いきや、差し出した色校をすっと手許《てもと》に引き寄せて、

「浅草《あさくさ》十二階って知ってますよね？」

と尋いた。

話が飛ぶなあと言うと、飛んでないですと言う。

「凌雲閣《りょううんかく》のことだろう」

「それですわ。で、その十二階で行われた日本で最初の美人コンテストはご存じ？」

「百美人だろう」

凌雲閣は浅草十二階という俗称の通り、明治から大正にかけて浅草に存在した十二階建てのタワーである。東京の高層建築の魁《さきがけ》として、文明開化の象徴として、一時は大いに賑《にぎ》わったのだが、関東大震災で倒壊した。

百美人はその凌雲閣主催の催事で、東京の花柳界の芸妓《げいぎ》達百人の写真を閣内に貼り出し、人気投票で一位を競うというものだった筈《はず》だ。人気を博し、三回程行われたのではなかったか。

それですそれですと大木は言った。

「そうです。よく知ってますなあ。ではですね、その時に、美人さん達を撮影した人を知ってますか」

「写真師の小川一眞《おがわかずまさ》じゃなかったかな。下岡蓮杖《しもおかれんじょう》の養子の弟子」

「これまたよく知ってますなあ。その通りですよ。小川一眞はまあ、沢山《たくさん》の写真帖《ちょう》を残してましてね、まあ、こりゃアルバムじゃなく写真集ですな。それが纏まって出て来たもんで、でもって、ちょっと豪華な復刻本をですね、出すことになりまして。いや、うちは昔で言えば紙問屋ですから、出すのは出版社なんですが、そこはマニアックな本ばかり出す――ああ、ご存じですね。あそこです。で、ちょっと良い紙を使おうということになりましてね、でもって――」

「解った解った。その辺の事情はいいから」

「はあ。百美人の写真帖つうのもあるんですがね。写真帖以外にも、『東京百花美人《とうきょうひゃっかびじん》鏡《かがみ》』つう、エントリーカタログみたいなものもあってですね、美人がずらっと勢揃いですよ。これを別冊付録のようにつけようというですね――これ、実は、その色校なんですわ。私、美人には興味があるもので、ちょいとインクの載りをチェックしますという口実で見せて貰ったところ、ですな」

大木は漸くクリアファイルからそれを抜いて、僕に渡した。

「そのページの、ほれ、真ん中の段の右端」

受け取った色校には、四列三段、計十二人の女性の写真が載っていた。上にはタイトルが記されており、写真の下には多分女性の名前が書かれている。読んでみると、柳橋《やなぎばし》たま菊《ぎく》だとか新橋《しんばし》小《こ》うめだとか書かれているから、名前というより源氏名なのだろう。

大木の示した場所には日本橋《にほんばし》りう子《こ》と書かれていた。

「この、りう――りゅう子さんという人かい？」

「それ。よく見てください。同じでしょ？」

「同じ？」

そういえば先程の写真と似ている。というか――。

同じ写真だった。

「ああ、これか。同じだ」

「そうなんですわ。その写真は、その写真です」

「あのなあ。東京百美人が行われたのは――明治の中頃じゃなかったか？」

「そりゃ第一回ですから、明治二十四年です」

「一八九一年じゃないか。百二十年以上前だよ」

「そういうことになりますねえ。この写真に写っている人は、日本橋のりゅう子さんですわ。生きていたなら百四十歳を軽く超しているという――」

「じゃあ別人だろ」

「いや、同じ人ですよ」

おやおや、と僕は思った。やれやれ、が正しいだろうか。大木は目が真剣だった。

「そんな訳ないじゃないか。似てるだけだって。似た人、という発想はないのかい」

「ないですね。一度でも本物を見たことがあるなら、そうは思いません。本人です」

「待てよ。その、愛人に似ているから入手した――とかいうことじゃないのかい？」

「あのねえ、まあその辺に転がってるようなもんなら、そういうことも出来るかもしれませんけどね、そんな古い写真どうやって見つけて来ますか。見つけたとして、彼女に似た女の写真なんてあなた」

「偶然を侮《あなど》るなよ大木君。そういうことだってある。珍事だからこそ、そうやって取っておいたということはあるだろうさ。偶々《たまたま》入手した古い写真が、愛人に似ていた、だから大事に――」

似ているというより本人ですと大木は言った。

「あのな、百歩譲ってそうだとして——だよ、君。なら百四十歳になってる勘定《かんじょう》だろうが。爺さんより六十五も齢上じゃないか。何が四十も齢下だよ。そうならもう、長寿世界一クラスじゃないかよ。そんなもの、ほいほい歩けるだけでテレビが特番組むよ。そんなのがどうやってコンビニまでついて行くんだよ。というか、こんな容貌《ようぼう》だったらもう、美魔女どころじゃないよ。超常現象だろ」

超常現象だと思いますと大木は言った。

「はあ？」

「いや、解りますって。解りますけど、ちょっと聞いてくださいよ。最初に言ったじゃないですか」

「嘘なのかい？」

違いますと大木は言った。

「嘘だと思う、です。いや、それよりも祟りですよ。祟りってのは超常現象じゃないんですか？」

「少し違うと思うけど——これが祟りなのか？　祟りで昔の人と同じ顔になったとか言うのか？　孫かひ孫か、そういう発想もないのかよ」

ないですねと大木は言った。

「少し黙って聞いてくださいよ。あのですね、こいつを見つけて、まあ隆文さんも私も即座に愛人の写真だと思った訳ですよ」

だって同じ顔ですからねと大木は言った。

「どう考えてもあの人はこの人なんですよ。で、まあ何人かに見せても全員間違いないと言う。ただ、ご覧の通りに古びてますでしょうよ。で、私だって莫迦《ばか》じゃあないですから、似た人なのかとか、先祖かなとか、考えた訳ですよ。で、まず出所を明らかにせねばならんと、こう考えた」

「君にしては正しい判断だと思うが」

「はい。で――」

入手先はすぐに判ったそうである。

老人の友人である古物商の形見だったらしい。と――いうか、紙類の四分の一はその人から流れて来たものだったのだそうだ。

「その古物商――っても、店はもう十年以上前に閉めてたらしいんですけどね。通販で細々《ほそぼそ》と商売してたんですわ。田端《たばた》さんという人ですわ。北千住《きたせんじゅ》の人で、死んだ桑島さんの爺さんの同級生ですよ。亡くなったのが去年の春のことで、形見として紙類が届いたのが、丁度一年前」

「なる程。それで？」

「爺さんに愛人が出来たのが、その少し後、ほぼ同時なんです。つまり、愛人に似た写真を捜した、偶然似た写真が手に入った、そのどちらもない訳ですよ。写真と愛人は同時。同時となると、偶然という線はかなりなくならんですか？」

「ゼロではないよ。出会いと写真入手が重なって、それを何か運命的なものと思い込んだとか」

人間は、そうした単なる偶然を恣意《しい》的に解釈したがるという習性を持っている。その結果、無関係なものに因果関係を持たせてしまいがちなものなのである。筋金入りですねえと大木は言った。

「何がだよ。普通の反応だろうに」

「ただですね、ここで問題にすべきはその、田端さんですよ。田端さんがこの写真を買い取ったのは、死ぬ一年前なんですね」

「店は閉めてたのじゃないのか」

「店は閉めてても買い取りは可能でしょう。買ってるんですよ」

「まあなあ。その人は何で亡くなったんだい？」

「ご家族の話だと老衰です」

「ご家族に会ったのか」

会いますよそりゃと大木は言った。

「形見送ったのはご家族ですからね。前々から、自分が死んだら桑島にこの箱を送ってやってくれと、そう言ってたようですな。一種の遺言ですよ。大半は、映画のチラシやらポスターやら、そういうものですよ。桑島の爺さん、何とかいう女優が好きだったらしくて。何といったかな。藤純《ふじじゅん》子だったかな」

「今の富司純子《ふじすみこ》だな。『緋牡丹博徒《ひぼたんばくと》』か。いや、でも、この写真のセレクトはどうなんだい。全然似てないぞ」

写真の女に似た女優は、僕の記憶の中にはいなかった。

「これはですね、その箱の上に封筒に入れた状態で置いてあったんだそうです。まあ田端さんは一人暮らしだったようなんですな。店は閉めたんですが、そこに棲《す》んでて、連絡が途絶えたので様子見に行ってみたら死んでいた——という話で。で、枕元にあったそうなんですよ、その、桑島さん宛《あて》の形見の箱が。家族にしてみりゃ、中味だって何だか判らないんだから、味噌《みそ》も糞《くそ》も一緒です。これもそうかいなって話ですよ。ポイと入れて、送っちゃったんだそうで、そこは覚えてたようです。で、問題なのはですね、その田端さんのご家族の話だと、死ぬ一年前から、どうも知らない女の人がずっと田端さんの傍《そば》にいた、というんですよ」

「知らない女？」

「はあ。家族はまた店でも再開するのかと思ったんだそうで。そのために店員でも雇ったと思ったんですかな。行けばいるし、挨拶《あいさつ》ぐらいはするから、まあそんなに怪しんでもいなかったらしい。でも、田端さんに尋いても何だか要領を得ないので、変だなとは思っていたようで——そこで、ピンと来ました。高が紙問屋風情でも、ピンと来る時はピンと来ますよ。で、見せたんですよ、これを。そしたらば、あらお父さんの処にいた人はこの人よ、と」

「なる程な」

徐々に話がダークサイドの方に向かっているようである。

「そうなるってえと、もうこの写真を田端さんに売り付けた男が気になりますでしょうよ。で、まあ口八丁で、この写真の出元を探った」

「どうだった」

死んでましたねえと大木は言った。

「田端さんが商売してた頃のお得意様で、清水《しみず》さんという古写真のコレクターなんですね。あっちこっちから仕入れて来てたようです。で、死んじゃったので奥さんが売り付けたらしい。奥さん、年金暮らしで、しかも病気がちで、お金に困ってたんですよ。田端さんにしても、清水さんは、その昔はかなり沢山買ってくれてた上客だった訳ですから、香典代わりに買い取ったという感じのようで——」

「もう判ったよ。その、清水さんか。その人の処にも、この女が出たというんだな」

「はあ。写真見せました」

「君はそこまで行ったのか。どんだけ暇なんだよ」

「それなりに忙しいですが、気になるでしょうよ。気になって放っておいちゃ健康に悪いと思いましてね。だからのこのこ出掛けて、見せました。そしたらこれ見て、奥さん悲鳴上げましたよ」

「悲鳴？　怖がってるんだな、清水家の場合は」

「いや、奥さんだけですか。そりゃ、怖いですよ。知らない人が家の中にいたら。そんなもの犯罪者か狂人でしょうに。奥さんは何度も警察に連絡したようですよ。不法侵入だと」

清水さんはアパート暮らしだったらしい。広い訳ではないから、家の中に知らない人がいたりしたら、まあ通報はするだろう。

「おかしいなあ。老夫婦のアパートに入り込んで何をするんだよ。明らかに変だろう」

「変ですな。変というか、もうホラーですよ」

「通報して、どうなったんだ？」

女は警察が来る前にいなくなってしまったのだそうだ。

消えたとか、そういうことはなく、いなくなったと老婦人は言ったらしい。

「でもね、警察が帰るてえと、やっぱりいるんだそうで」

女は、気がつくと部屋の隅にいる。

しかし、どうもおかしいとお婆さんは思ったのだそうだ。

それはもう、最初から最後までおかしい話ではあるのだけれども、お婆さんがおかしいと思ったのは、亭主の反応だったようだ。警察に通報した時も、どうにも爺さんの方の対応が変だったのだそうだ。全く話が咬《か》み合わない。

どうやら女の姿が見えているのは自分だけなんじゃないかと、お婆さんは気付いたのだそうだ。

「怖いですね」

「怖いというかさ」

「でも、それは違ってた」

「違う？　爺さんにも見えてたのか？」

「爺さんは見えてない。いいや、爺さんだけ見えてないというのが真相です」

「は？」

お婆さんはあまりにも気味が悪く――当然なのだが――友達を呼んだという。

「お友達には見える。部屋の隅に女が座ってる。で、今度は管理人さんに相談した。管理人さんにもちゃんと見えていて、あなた誰ですか、何をしてるんですかと、まあ尋いたんですよ管理人さん。まあ尋きますでしょうよ。そしたら」

「そしたら？」

「立ち上がって、すっと台所の方に行っちゃった。シカトですわ。管理人さんも何だよシカトかよと、こう、後を追いますわな。でも、もういない」

「消えたのか？」

「いや、フェードアウトじゃないんですよ。いなくなるんです」

そこがよく解らないのだが、薄くなってすうっと消えるとか、見ている前でパッと消えるとかいうようなことはなく、一度見ている者の死角に入ってから姿を消す、ということなのだろう。

「爺さんは」

「清水さんは、お前らは一体何をしておるんだ的な感じですよ。まるで事情が判ってない。お婆さんの気が触れたんだと思ってた節がある。事実、近所でうちのヤツが到頭ボケたと愚痴を言ってたようで。管理人もボケに話を合わせているだけだと思ってたんですな。うちの奴が迷惑かけますと謝ってたようで」

「そうか。でも、どうなんだ。その清水さんの未亡人は、その女を幽霊だと思っていたのか？」

「そこは微妙ですね。そんな幽霊いますか？　みんなに見えるんですよ」

これは——その手の話としてはまあ珍しい話ではあるかもしれない。

大木は僕の性質を考慮して直接的に断定はしていないのだが、まあ祟りだ何だと口にしている以上は、その女を幽霊か何かだと思っているのだろう。幽霊だとして、取り憑《つ》いた本人にだけ見えない——というのは珍しいだろう。そしてそれ以外の人間すべてに見えるというのも、まあかなり珍しい部類なのだろう。しかも昼夜を問わず、不特定多数にちゃんと目視出来る幽霊なんて、あまり聞いたことがない。それ以前に、そうなら大木自身も見ているということになる。

「君は幽霊を見たということか？」

「待ってくださいよ。そうは言ってないですよ。僕は慥《たし》かにこの人見てますけど、それが幽霊だとは思いませんよ。普通に歩いてましたから」

「そうだよなあ。で、この女は何か口は利かないのかね？　コミュニケーションは取れないのか。清水さんの奥さんは話しかけなかったのかい？　というかだな、今までの話だと、この写真の女と直接話をした人間はいないんじゃないのかね。その、田端さんの処だと——挨拶はしたのだったかな？」

「会釈程度だったらしいです」

「そうなのか。それにしたってだよ。幽霊でないとしたって、そりゃ常軌を逸しているだろうさ。喋《しゃべ》らないのか？」

「はあ。それがですね、清水さんのお婆さん、一度だけ声を聞いたそうです」

「一度って——」

夜中に。

女は寝ている亭主の顔を覗《のぞ》き込んで。

——ちくら。

と、言った。

「ちくら？　どういうことかな」

さあ判りませんと大木は首を傾げた。

「そう聞こえたそうですけどね。まあお婆さんは半分寝てたようなもんで、夢現《ゆめうつ》つだったようですから不確かです。で、翌朝、清水さんは死んじまった。大動脈瘤破裂《だいどうみゃくりゅうはれつ》か何かで、まあ突然死ですわ」

「女は」

「さて。お婆さんは急にご亭主が死んじゃって、もうパニックですよ。それどころじゃあなかったと思いますよ。その辺のことだって、葬式が済んでから思い当たったんですよ。どう思います？」

「どうもこうもないがなあ」

整理するならば、この写真を所有すると、所有者の許にこの写真の女が現れる。しかしその女は所有者には見えず、でもそれ以外の者にはちゃんと見える。所有して約一年で、所有者は死ぬ——そうなるか。

「それで祟りかい。すると、その鉄工所の爺さんにも、古物商の爺さんにも、この女は見えてなかった、ということかな」

「そう考えると、田端さんの家族に対する妙な応答も、桑島の爺さんが徹底して愛人のことを素ッ恍惚けてた理由もよく解りますわね。本人は身に覚えがない訳で」

「君、その先も当たったのじゃないだろうね」

「はあ。清水さんがよく買ってたのは神保町《じんぼうちょう》の古書店だそうで、まあそこも通販だけの商売なんですわ。そこで目録をチェックしたら、まあ載ってましたよ。この写真も」

「ほう」

「懐古堂《かいこどう》という店で。行きました」

「死んでいたか」

「死んでません。買い取って三箇月で清水さんに売ったそうで」

「なる程」

取り殺すには一年かかる——ということか。

「でもですね」

大木はまた鞄を探った。

「これですよ。これ、二年前、三年前かな。その、神保町の古書祭りの時の写真です」

それは僕も呼ばれて行った。毎年参加している。

「貸して貰いましたよ。これね、丁度この写真が店にあった時期なんですわ。で、まあおじさんが準備手伝ってる写真ですよ。誰かが撮ったんでしょうな。で、これ。この人が懐古堂のオヤジです」

古書祭りの期間中は、店によっては路肩に屋台を出して夜店のように本を売る。写真の中の懐古堂の親爺《おやじ》——親爺といっても僕より若いくらいに見えるのだが——は、屋台に品物を並べている別の本屋の店主の手伝いをしているようだった。

「後ろです。オヤジの」

女が——親爺を見ていた。

場違いな、芸妓のような女だ。

「この女ですね」

「写真に写るのか」

慥《たし》かに、似ている。

「はあ。懐古堂のオヤジに聞いてみましたが、こんな女ァ知らねえよ、ただの通りすがりだろと言う。だからこの写真見せて、あんたが売ったんだろと言ってやりました」

オヤジは引っ繰り返ってましたと大木は言った。

「その時まで気付かなかったそうで」

「なる程なあ。で、この写真のその先は？」

「いや、そこまでですよ。そこでこっちの色校を見ちゃったんです私。彼女が明治二十四年の百美人の一人だと知ってしまった訳で、そうなっちゃもう怖くって辿《たど》れないですよ。辿り辿って何に行き着いたってヤバいじゃないですか。そんな、『リング』みたいなのは厭ですよ。だからまあ、みんな嘘だと思うことに」

「思うことにしたというのかい。何だそれは。君がどう思おうと、関係ないじゃないかよ。で、この写真、何故《なぜ》君が持ってるんだ？」

「いやあ、明治もので、しかも有名な写真師の作品だと知れた途端に、隆文さんは、もう、すぐ売ると言い出しましてね。もう父親の愛人と同じ顔だなんてことはどうでも良くなっちゃった。最近、古写真って人気があるようですな。この不況に高価な本を出せるんだから、まあそうなんだろうと思いますけども、私、必死で止《と》めました。だってねえ。いくら嘘でもねえ」

「ねえって。で、どうした？」

「いや、だってもし色々本当なら、買った好事家《こうずか》が死んじゃうかもしれないじゃないですか。知らなきゃあ別に構いませんがね、知らない人だから。でも、あれこれ知っててそれで死なれちゃ寝覚めが悪いですよ、高が紙屋でも。という訳で、売られちゃっちゃあ何だから、買い取りましたよ。五千円で。まあ相場はもっとずうっと高いんでしょうけど、そこは後輩の誼《よし》みですよ。五千円だって飲み代くらいにはなるでしょ」

「あのなあ」

僕は大木の膨満した顔を見る。

「自分で調べたことを嘘だと思い込みたくなるような、そんな恐ろしいものを何だって買い取るんだ？」

「それはまあ、何ででしょうね？」

「それこそ知らないよ。買ったにしても処分するとか供養するとかするなら解るが、何だって後生大事に持ち歩いてるんだよ。祟りの大元じゃないか」

「そうなりますかな」

「そうなりますかなって、すると何だ、この写真の今の所有者は君なんだな？」

「そういう——ことになりますな」

そうなのか。

だから。

「だからこの人は、そこにいるんだな？」

僕が軽く指差すと大木は眼を剝《む》いて、振り向いた。

と——。

まあ、ここで終わってしまうと、如何《いか》にも怪談染みて感じられるのだろうけれど、それは違うのだ。

そんな風に受け取られてしまうと、この話はそれこそ嘘、ということになってしまうのであるが、残念ながらこれは怪談ではない——と思う。

何故なら、振り向いた大木の目にはちゃんと後ろの席にいた女性の姿が見えていたのだから。その女性は——まあ和服ではあったし、面差しも多少似てはいたものの——多分日本橋のりゅう子なんかではなかったのである。

ただの客だったのだ。

大木は振り向きざまに相当吃驚《びっくり》もした訳だけれども——そこでその女性は僕らを見咎《みとが》め、不審な顔付きのまま席を立ってしまったのであった。いや、見ず知らずの巨漢が振り向くなり自分を凝視し、そのうえ大仰に驚いたりしたなら、まあ誰だって不審に思おうというものである。

それこそ偶然に他ならなかったのである。

だから、これは今のところ怪談ではないのだ。

それまでの、清水、田端、桑島三家の話だって、まあやや怪談っぽい展開なのは一番古い清水家の話のみであり、それも甚《はなは》だ怪しい。

清水家の場合、ご亭主の見解が正しいという可能性もあるのである。清水夫人が本当にボケていないとは言いきれない。家の中に赤の他人が侵入しているという妄想を抱くようなケースはままあるし、その場合は頻繁に警察を呼んだりもするのだ。友達だの管理人だのは、夫人を哀れんで話を合わせてくれていたのかもしれない。正常だったご亭主が亡くなってしまった以上、確認は出来ないのだろうが。田端家の場合にしても、本当に愛想の悪い店番を雇ったのかもしれないのである。田端氏は、実は商売を再開するつもりで清水氏のコレクションを買い上げたのかもしれないではないか。

桑島家の先代に至っては、真実愛人だったのではないのか。

そう考えれば、まあ古本屋の写真に写っていた女性だって単に似ている人だったということになる。

普通に考えればそうなるのだろうし、それで不都合はない。

大木は、写真の女とその愛人が同一人物だと頑として言い張るのだが、それとて怪しいものである。主観は当てにならない。

写真というアイテムを真ん中に置いて、無関係の事象を繋《つな》げてしまっただけではないのか。あれこれ嘘でなかったとしても、怪しいことなど何もないのだ。ただ一つ、ちくらという言葉の意味は不明だが、それも——妄想だと思えば済むことだ。

ただ——。

大木はその後、体を壊して休職してしまった。喫茶店で会った半年の後、かの巨漢の体重は六十キロ台まで落ちているという。

で――。

大木が写真を入手してからもうすぐ一年経つことになる。

いや、いろいろ嘘であることを祈るばかりである。

ベンチ

おじさんのことを思い出した。

おじさんというのは、一定以上の年齢に達した男性全般を指す言葉である。

或《ある》いは、その条件を満たしていなくとも、それを彷彿《ほうふつ》とさせる特徴を備えた人物を揶《や》揄《ゆ》する際にそう呼ぶ場合もあるだろう。

一方で、それは親族関係を示す言葉でもある。改めて説明することでもないのだろうが、父母の兄弟や、父母の姉妹の伴侶《はんりょ》はおじさんだ。兄に当たる人物は伯父、弟に当たる人物は叔父と別の漢字を当てるが、ハクフさんなどと呼ぶことはなく、読み方はいずれもオジであるから、まあおじさんである。

その人と血縁はなかった——と思う。

僕の両親に兄弟姉妹はいない。

祖父母の兄弟や姉妹の伴侶は大おじと呼ぶ。

これも——年齢にも因《よ》るのだろうが、まま大のところを省略しておじさんと呼ぶ場合がある。

母方の祖父に兄弟姉妹はおらず、母方の祖母は女ばかりの六人姉妹である。その伴侶は大おじに当たるのだろうが、僕はそのすべてを見知っている。父方の祖母にも嫁いだ姉がいたが、年賀状の遣《や》り取り程度の交流しかない。

父方の祖父の方は多少複雑である。父方の祖父は戸籍上は一人っ子なのだが実は養子で、兄弟がいた。とはいえその人達とは養子に入った後も交流があり、僕は概《おおむ》ね知っている。

僕の祖父母あたりの年代の人が若かりし頃は、何だか知らないけれど割とそういう血縁関係がややこしいケースが多くあったようである。

隠し子だの異父母兄弟だのならばまだ良い方で、親の末子を長子の子として届けてみたり、法的手続きを省いて他人の子を籍に入れてみたり、まあ現在では考え難《にく》い――というか不可能なことが割と平気に行われていたらしい。法的整備がなされていなかったのかもしれないし、まあ、ある意味でユルかったのかもしれない。戦争のような国家的混乱もあったのだろう。それ以前に、モラルも現在とは異なっていたのだろうか。

僕のところはそこまで面倒なことはないのだけれど、それでも父方の菩提《ぼだい》寺には誰だか全く判らない人の位牌《いはい》が二つ三つ預けてある。過去帳にも名前はなく、享年を見ると乳幼児だったりする。いったい誰の位牌なのか尋ねてもよく判らず、祖父母も悉《ことごと》く鬼籍に入ってしまった今となっては、もう知る術《すべ》もない。まあ別にずっとあるのだから構わないだろうと、放ってある。

とはいえ。

そういう、半ば歴史の薄闇のような隠宅《いんたく》に棲《す》み付いてしまった人達はともかく、生存確認が可能な親族に就いては、長じてからある程度整理して、一応は理解した。子供の頃は誰が誰で何が何だか判らなかったのだけれど、今は判る。とはいうものの、理解していく過程に於《お》いて、ほぼ物故されてしまった訳だが。そのまたお子さんとなると付き合いもなく、もう判らなくなってもいるのだが。

その、思い出したおじさんというのは、まあ僕の頭の中で整理された親族の中にはいない。

尤《もっと》も、幼い頃に親類だと思い込んでいた人が実は両親の知人友人だったり、近所の人であったりしたこともなかった訳ではない。その辺の関係性も、まあ今では整理されていて、その中にもその人はいない。母方の祖母と親しくしていたことは間違いないのだが、どこをどう辿《たど》ってもその人には行き当たらない。

しかし、凡《すべ》てが僕の空想の産物だった、などということはない。記憶が捩《ね》じ曲がってしまったとか、捏造《ねつぞう》されたとかいうこともないと思う。そんなおじさんは実は存在していなかったんだ——と、いうようなサイコな結論は、この場合は採用出来ない。

そのおじさんは慥《たし》かにいた。

当時を知る人というのはもう殆《ほとん》ど残っていないのだけれど、例えばその昔、生前の祖母や、母などに何回かその人のことを尋ねてみたことはあるのだ。

その時も僕は急に思い出したのだろうと思う。ただ、尋《き》いたところで、ああ、あの人ねえというような朧《おぼろ》げな話にしかならず、なんら身許《みもと》確認は出来なかったという記憶があるのだが、それでも話題に出来たということは、実在だけはしていたのである。

その人はオダとかオオタとか、そんな名前だった。

いやはや、既《すで》に名前すらもはっきりしないのである。

以前に祖母なんかと話題にした折も、まあそんな感じの名前を言っていたということを覚えているだけで、確認も記録もしていないのだ。苗字《みょうじ》は辛《かろ》うじて記憶していたけれど――それもうろ覚えなのだが――下の名前に至っては多分本当に知らない。

でも、いたのである。

よく覚えているのは、今ではすっかり見掛けなくなったジャカード織りみたいな生地の、派手なジャケットである。千鳥格子のような柄だった。当時は高級だったのかもしれないが、その頃からこれはどうかと感じてはいたように思う。襟の大きな色物のシャツに、大きなカフス。それに、木彫りの熊のループタイ。眼鏡はかけていたかどうか覚えていない。髪形はオールバックではないが、整髪料がたっぷりついていた。

こうして並べてしまうと、要するに昭和の成金オヤジといったイメージだが、そこまで下品な印象は持っていない。

理由は判る。

顔が、法隆《ほうりゅうじ》寺金堂《こんどう》の釈迦《しゃか》如来像《にょらいぞう》によく似ていたのだ。

謂《い》わずと知れた国宝である。

それは、世界最古の木造建築である法隆寺西院伽藍《さいいんがらん》の中の金堂に安置される仏像のひとつである。金堂自体は再建されているので世界最古ではないが、それだって七世紀のものである。金堂は三つにゾーニングされており、それぞれに本尊がある。東が薬師如来《やくしにょらい》像、西が阿弥陀三尊《あみださんぞん》像、中央が釈迦三尊像で、その中央の三尊像の、更に真ん中が釈迦如来像である。三つの本尊はそれぞれ制作年代が異なっているし、特定も難しいようで、鞍作止利《くらつくりのとり》の作とされているその釈迦如来像に関しても諸説がある。それでも飛鳥《あすか》時代のものではあるようだ。

まあ、法隆寺のご本尊と簡単に謂った場合は、概ねこの釈迦如来像が挙げられるのだろう。

おじさんはこの、釈迦如来像に似ていた。

その頃僕はまだ小学生だったのだが、仏像の写真集などを何冊も持っていて、よく観ていた。オタクやマニアという程ではなかったけれど、好きだったのだ。

仏像としての法隆寺の釈迦如来像が素晴らしい出来栄えであることに異論はない。しかし、おじさんは実際に生きた人間なのであるから、やや話は違ってくる。一重の眼は細く、鼻は大きくて潰《つぶ》れ気味だ。しかし何よりもおじさんの風貌《ふうぼう》を釈迦如来に近付けているのは、いつも口角がやや上方に向いている、その口許《くちもと》なのだった。

所謂《いわゆる》アルカイク・スマイルというやつである。

おじさんはいつも微笑《ほほえ》んでいた。

いや──そうした外見の記憶が細かく残っているからおじさんは実在したと言いたい訳ではない。記憶などというものはいくらでも捏造出来る。そのつもりなどなくたって勝手に捩じ曲がったり補完されたりしてしまうものだ。何の証《あか》しにもならない。どんなに細かく覚えていようと、何の憑拠《ひょうきょ》にもならないだろう。

おじさんは、その実在の物的証拠を沢山《たくさん》残している。

名前さえも曖昧《あいまい》であるというにも拘《かか》わらず、である。

おじさんの記憶は、どうやら小学校の三年から五年くらいの時期に固まっている。

僕はどうもブッキッシュな子供で、小遣いはほぼ書籍に費やしていた。玩具《おもちゃ》だのお菓子だのも、親はまあ頼めば買ってもくれるのだけれど、家は裕福だった訳ではなく、いや、あきらかに貧乏だったから、おねだりはし難《にく》かった。それでも一応ねだれば買ってくれたのだが、それは僕がスポーツ用品や自転車など、一般の子供が欲しがるようなものを何一つ欲しがらなかったからに他ならないだろう。

事実、僕はグローブもバットも、自転車も持っていなかった。

そうしてみると今、僕が子供だったなら、所謂コンピュータゲームを欲しがっていたかどうか疑問だ。ＤＶＤやブルーレイソフトなんかは寧《むし》ろ欲しがっていたと思うし、カードやフィギュアなんかも欲しがっただろうとは思うのだが、ゲームは微妙だ。よく解らないのだが、どこかに線引きがあるのだ。

いずれにしてもアクティブ系のものには興味がなかったのである。

それは、幼児の頃からそうだった。三輪車も持っていなかったのだから、その辺は筋金入りだろう。三輪車よりままごとの道具やリカちゃん人形を欲しがったらしい。別にままごとがしたかった訳ではなくて、ミニチュア嗜好《しこう》というか箱庭嗜好というか、そういう小さな作り物が好きだったのだ。雛《ひな》人形の道具だけを欲しがったこともあったらしいが、覚えていない。覚えていないが、気持ちは解る。白状するなら、今でも好きだし欲しい気もする。

いずれにしても、親にしてみれば買い与え難《にく》いものではあるだろう。同じミニチュアでも、動物のフィギュアやミニカーなんかは買ってくれた。その時代は、男の子と女の子の溝が、今よりもずっと深かったのだ。

そんなだったから、やや分別がついてくると、僕は書籍以外の玩具を親にねだるのは気が引けるという、妙な子供になっていた。本が欲しい時は普通にねだるのだが、それ以外は遠慮してしまう。ねだるにしても絞り込んでからねだる。

そんな子供だった。

僕が小学校低学年の頃、テレビを中心に特撮ブームが巻き起こった。第二次怪獣ブームとか、変身ブームとか、後にそういう括《くく》りで語られることになるものである。それはそのムーブメントの初期――ウルトラマンが帰って来て、仮面ライダーが改造される少し前、たぶんその辺りのことだ。

僕は、まあ多少一般的でない性向を持っているという自覚はあるし、それは幼い頃からそうなのだが、では世の中の動静にまったく興味を示さない独立独歩の子供だったのかというとそんなことはなく、流行《はや》りものはちゃんと押さえようと努力していたように思う。いや、流行りもの以外もみんな押さえておきたいという性質だったのだ。特にテレビは人一倍観る子供だったから、当然子供番組は網羅的にチェックしていて、その結果、特撮は好物の一つになった。作り物好きというところが呼応したのかもしれない。

その頃、『宇宙《うちゅう》猿人《えんじん》ゴリ』という特撮番組が放映されていた。

好きな人は当然知っているのだろうが、興味のない人は全く知らないだろう。別に知る必要はない。ならば何故《なぜ》そんなどうでもいい細かい話をするのかということになるのだが、それはおじさんの存在証明の具体的な事例のひとつとして挙げているからに他ならず、それ以上の意味はない。

その番組は今となってはややカルト気味な作品として——つまりマイナー作品として受け取られているようなのだが、それはライバル番組だったウルトラマンシリーズが後世も延々制作され、今以《いまもっ》て人気を博している超メジャー作品になってしまったという結果を受けてこその評価なのであり、その当時はそれなりにメジャーな特撮番組だったと思う。ヒットはしていたのだ。ただ、当時からウルトラマン——円谷《つぶらや》プロの王者感というのは強くあったし、予算の少なさも相俟《あいま》って、逆境の中健闘しているという印象は強かった。

そもそも、タイトルの『宇宙猿人ゴリ』というのはヒーローではなく敵のボスキャラの名なのである。基本的に宇宙に猿人を接続している段階で何らかの破綻《はたん》を感じさせないでもないのだが——内容も公害問題を全面に押し出した社会派の異色作であった。

敢《あ》えて王道を行かぬ心意気や良しである。

尤《もっと》も、その辺がカルト感を醸し出す遠因となっていることは間違いないのだが、そうした斬新な試みというのは評価されるまでに時間がかかる訳で——制作者側、特に放映しているテレビ局としては、リアルタイムでの評価こそを強く望むというのが世の常である。そんな事情からか路線は変更され、タイトルもヒーローの名である『スペクトルマン』に変更されてしまった。ただ認知度の問題を考慮したのか、橋渡し的に『宇宙猿人ゴリ対スペクトルマン』という善悪双方の顔を立てた形の、これまた斬新なタイトルで放映されていた時期があった。

その時期のことなのだ。

その『宇宙猿人ゴリ』に登場するキャラクターと怪獣のプラモデルがあった。

発売元はアオシマで、最初は『宇宙ロボットシリーズ』として六種が発売されたと記憶している。主役のスペクトルマンと敵役のゴリ、その従者であるラー、怪獣二種に何故かスーパーマンという奇異なラインナップだった。ロボットは一人——一匹か、一体というべきか——もいない訳だが、ゼンマイで歩行するギミックが仕込まれていることからそう命名されたのだろうと推測される。

僕の場合、ヒーローはどうでも良くて、どちらかというとけったいな怪獣が好みだったから、そのラインナップにはあまり食指が動かなかった。強いていうなら何故かコミカライズにしか登場しないガレロンという怪獣が選ばれていて、果たしてどのように立体化されているものか興味があった――と、いう程度である。

その後、怪獣二体が追加され、スーパーマンは消えて、シリーズタイトルも番組名に変更された。その段階で――。

ちょっと、欲しくなった。

追加された怪獣のうちの一体、モグネチュードンというモグラとナマズを組み合わせたような妙な怪獣が気になったのだ。長じてからそれが高山良策《たかやまりょうさく》デザインだと知って琴線に触れた理由もやや納得出来たのだが、それは後講釈である。まあデザインがけったいだったのである。でもまあ、どうしても欲しかったという訳ではない。雑誌に載った広告などを覧《み》て、ぼんやりといいかもなあと思っていただけである。

先に述べたような性向でもあったから、おねだりをするようなことはしなかった。

そんな余裕があるのなら漫画を買って貰《もら》う方が良かったのだ。

ある日――おじさんがやって来た。

それが、僕の持っている一番古いおじさんの記憶である。それ以前にもおじさんは訪ねて来ていたのだと思うけれども、記憶はない。挨拶《あいさつ》くらいはしていた筈《はず》だが、まったく覚えていない。

それが最古の記憶である。

どういう運びだったかまるで覚えていないのだけれど、おじさんは僕をデパートに連れて行くと言い出したのだった。その当時、デパートというのは子供にとってはワンダーランドだった。ファミレスも何もない時代に、子供向けメニューがあるレストランがあった訳だし、屋上には遊園地もどきの遊び場があり、催事場には有名人がやって来たりする。服だって電化製品だってアクセサリーだって売っていて、文房具も書籍も売り場があって、で、玩具売り場はひと際《きわ》充実していた。それ以前に、まだ駅にエスカレーターがない時代であるから、階段が動くだけで喜んでいた子供もいたのだ。

性別を問わず、デパートが嫌いな子供は少なかっただろうと思う。

僕も、まあ嫌いではなかったから、親も許しているのだし、嫌がることもなく付いて行ったのだと思う。

おじさんにも何か用事はあったのだろうが、どの売り場に連れて行かれたのかはまるで記憶にない。最上階のレストランでプリン・アラモードを食べさせて貰ったように思う。その後、階を下る途中でおじさんは玩具《おもちゃ》を買ってあげよう――と言った。僕は何か買って貰えるなどと思っていなかったし、何か買って貰いたいとさえ思っていなかったから困ってしまった。どちらかというと内向的だった僕は、おねだりもしないし駄々も捏《こ》ねなかったけれど、同時に断る術《すべ》も持っていなかったのだ。遠慮する気持ちは十二分にあったのだが、それを表現出来ずにいるうち、僕は玩具売り場に連れて行かれた。

何が良いか、あれかこれかと尋かれたが全く返事が出来なかった。おじさんは遠慮するなよと言った。まあ遠慮もしていたのだが、そんなに欲しいものはなくて、寧《むし》ろ本を買って下さいと言いたかったくらいなのだが、それは言えなかったのだ。

プラモデルが堆《うずたか》く積まれていた。

モグネチュードンもあった。僕は、ああこれだと思った。それだけである。

これがいいのかい、なら買ってあげるよとおじさんはそれを手に取った。そして、これだけでいいのかと重ねて問うた。何とも答えられずにもそもそしていると、おじさんは謙虚だなあなどと言いながら並んでいた七種類をすべて手に取って、重ねてレジまで持って行った。後に謂う大人買いだ。

僕は困惑しつつ、まあいいかと思った。おじさんは例のアルカイク・スマイルを振り撒《ま》き、札入れから札を出した。いかにも金持ちな振る舞いだった。僕と同じくらいの年齢の、たぶん僕と同じか、それ以上に貧しそうな感じの子供が、羨《うらや》ましそうにおじさんの大人買いを見ていたのを覚えている。僕も、まあそんなにお坊ちゃま風の恰好《かっこう》ではなかったのだけれど、その子も幾分場違いな、有り体《てい》に言えば汚れた感じの子供だった。

プラモデルは一個三百五十円だったと思う。七つで二千四百五十円、当時の僕の経済事情を鑑《かんが》みるに、大盤振る舞い以外の何ものでもない。帰宅後、母親が驚いてぺこぺこ頭を下げていたのを思い出す。良かったねえなどと言われて僕も愛想を振ったのだけれど、内心はこれでいいのかと思ってもいた。

それが、僕のおじさんの最古の記憶なのだ。

僕は、買って貰った以上は組み立てようと、七つ全部を組み立てた。下手《へた》だったけれど色も塗った。それは暫《しばら》く机の上やら棚やらに陳列してあったのだ。夢や記憶違いではない。おじさんは、実在する。ちなみにシリーズ名変更後のプラモデルの箱には、『宇宙猿人ゴリ対スペクトルマン』という表記がある。記録を見る限りその番組名で放映されていたのは一九七一年の五月から九月までの五箇月間だったようだ。

それなら僕は多分、小学校三年生だった筈だ。

次のおじさんの記憶は、それからおよそ一年後のことだと思う。

母親がまあ一年振りくらいでしょうかねと言ったのを覚えているからだ。ならばその記憶は小学校四年の夏から秋くらいのこと――ということになるのだろう。

おじさんは、より羽振りが良くなっていた。

その時、おじさんは僕にお小遣いをくれた。額面までは記憶していないけれど、親から貰ったお年玉よりも多かったという覚えがあるから、かなりの金額だった筈だ。剝《む》き出しじゃ悪いねと言って、ティッシュのようなもので包んでくれた。硬貨ではなく紙幣で、しかも複数枚だった。

「おじさんはお金に困らないんだよね」

おじさんはそう言った。

その理由は――信心だった。

おじさんは、新興宗教に入信していた。かなり熱心な信者であるらしかった。

「お金だけじゃなくて、何一つ困ることはないの。いや、困ることはあるんだけれどもね、すぐに解決しちゃうんだ。お題目というのを唱えると、必ずいいことがあるの。例えば急に雨が降って来たとするでしょう。傘も何もないと濡《ぬ》れてしまうよね。でも、口の中でお題目を唱えると、ぱっと雨が止《や》むのよ。しかもおじさんの周りだけ」

はあ、という感じだった。

当時から僕は、まあ今とそんなに変わらない考え方の子供だったので、信じる信じないという以前にそんなことはあり得ないと知っていた。だからそんなアホなと内心では思っていたのだが、同時に、信じることでポジティブになれているのであれば、敢えて否定することはないとも思っていたから、黙って聞いていた。

おじさんの熱弁に押されたというのもある。

御利益《ごりやく》を力説するおじさんの顔はまさに喜色満面で、その瞳《ひとみ》は充実感で満ち満ちていた。アルカイク・スマイルも堂に入っていた。

「今日もね、事故か何かで電車が遅れたらしくてね、ホームが大混雑だったの。これは困ったなと思ったんだけど、お題目を唱えたら、驚いたことにすぐに電車が来てね、しかもどういう訳か、人に押されているうちにちゃんと座れちゃったんだよ」

驚く程に卑近な現世利益《りやく》というしかないのだが、今にして思えば子供相手ということもあってわざわざそういう例を挙げていたのかもしれない。

僕は、おじさんにお題目とは何かと尋いた。

おじさんはお題目という言葉自体を知らないのだろうと受け取ったらしく、ちょっと説明に困っていたと思う。小学四年生なのだから、知らない方が普通なのかもしれないのだが、僕はお題目が何かということは知っていた。

お題目とは南無妙法蓮華経《なむみょうほうれんげきょう》のことですかと尋いたと思う。

おじさんは驚いて、そうだよと言った。僕は、ではおじさんは法華《ほっけ》宗ですかと尋いたと思う。

「いや、そうなんだけれど、ちょっと違うんだ」

おじさんは明言はしなかった。

後に知ることになるのだが、おじさんが入信していたのは日蓮《にちれん》宗ではなく、所謂日蓮宗系の新宗教だったようだ。

主に、幕末以降に興された宗教を新宗教と呼ぶようだが、日蓮聖人《しょうにん》の教えを母体とする――あるいは法華経の教えを支柱とする新宗教は殊《こと》の外《ほか》多いのだそうだ。そうでなくとも日蓮宗系の宗教団体は沢山ある。大きな教団、有名な教団も少なくない。しかし一方で、瑣末《さまつ》な新興団体も数多く生まれたのだそうだ。そういうものは淘汰《とうた》されるし、離合集散を繰り返すうち変容してしまったりすることが多いから、長続きはしない。おじさんの信心していたのは、そちらの方だったようだ。要するに伝統宗教ではなく数多《あまた》ある新興宗教の一つという理解でいいだろう。

子供の僕はそんなことは知らない。

僕はただ、一般の小学生より仏教に関する事柄を多少読み知っていたというだけに過ぎない。南無阿弥陀仏《なむあみだぶつ》はお念仏で、南無妙法蓮華経はお題目で、それは宗派が違うのだということを知っていたという程度だったのである。題目を唱えるというならそれは日蓮宗だろうと実に単純にそう判断し、考えなしに口にしただけなのだ。その辺は子供なのだった。

それでもおじさんは何か感じたことがあったようで、饒舌《じょうぜつ》に信仰に就いて語った。母親が苦笑いしていたのを覚えている。

おじさんは子供相手に語り倒して機嫌良く帰って行った。

お小遣いまで貰ったのだからお見送りくらいしなくてはと思い、僕は玄関まで出た。

そして。

戸口で、じゃあまたと挨拶するおじさんの後ろ。道路を挟んだ向かい側に。

何だか、汚い人がいた。

その当時は、浮浪者というか、物乞《ものご》いのような人もまだ街中にうろうろしていた。それ以前に、一般生活者があまり綺麗《きれい》な身形《みなり》をしていなかった。だからまあ、ボロボロな感じの服を着た汚れた人というのも、そう珍しくはなかった。だからそんなに気にしなかったのだが。

煤《すす》で汚れたように顔の黒い人だった。

五十歳くらいだろうか。蓬髪《ほうはつ》で、元は白かったと思われる開襟シャツは灰色に変色しており、襟の辺りなんかは泥でも塗ったように黒くなっていた。その汚い人は、虚《うつ》ろな眼で凝乎《じっ》とおじさんを見詰めていた。

その後、おじさんは二箇月に一度くらい来るようになったように記憶している。

家族はそんなに来ていなかったと言うのだが、僕の記憶ではそんなものである。

おじさんは僕に自慢げに御利益の話をし、それから同居していた母方の祖母と話し込んでいた。

僕の家の宗教事情というのはやや複雑であった。父方の祖父は敬虔《けいけん》でないクリスチャンで、父方の祖母は無信心、父方の旦那寺《だんなでら》は曹洞《そうとう》宗だが、母方は浄土《じょうど》宗で、家にある仏壇は浄土宗のそれだったと思う。まあ、要するに皆、それ程信心深くはなかったのである。ただ、母方の祖母だけはやや別だった。信心深かったというより、その頃のお年寄りにはそういう人が多かったというだけのことなのかもしれないのだが、祖母は日々のお勤めを欠かしたことがなかった。毎朝、仏壇に水や燈明《とうみょう》線香をあげてお経を誦《よ》むのである。幼い頃、僕は仏間で寝起きしていたので、よく覚えている。

仏壇の中には阿弥陀如来の姿を描いた小さな掛け軸のようなものが掛かっていた。その前に位牌が三つ。

毎朝祖母が上げているのは、浄土宗信徒日常勤行《ごんぎょう》だった。仏壇の横にお経の本が置いてあったから、偶《たま》に開いて文字を追ったりしていたので、それは明確に覚えている。

やがて、おじさんは祖母を改宗させようとしているのだと僕は知った。

祖母は高齢だったし、そもそも係累の墓所も浄土宗の寺院にあった訳で、毎年お盆にやって来るお坊さんも浄土宗の僧侶だったのだから、簡単に改宗などする訳がない。

しかしおじさんは諦《あきら》めなかった。父母を懐柔しようと、例の現世利益の話などを持ち出して、延々と語ることもあった。困っているなら金も貸すと言ったそうである。

「入信すればお金はいくらでも儲《もう》かるよ」

そう言っていたらしい。

やがてその矛先《ほこさき》は僕にまで向いた。両親よりも僕の方が仏教用語が通じたりしたものだから、どうも宗教的素養がある子供と思い込みでもしたのだろう。勘違いである。何より僕は、どんなに現世利益を説かれても全く興味が持てなかった。教義だの儀礼だのには興味があったが、儲かるとか幸運になるとか言われても醒《さ》めるだけである。お小遣いもくれた。正直貰いたくなかったが、要らないと言うと角《かど》が立つので、僕は徐々におじさんを避《さ》けるようになった。

夏は過ぎていた記憶があるから、計算上僕はもう五年生になっていた筈である。

祖母は根負けしたのか、改宗することを認めたらしかった。両親はそもそもそれ程信心深い訳でもなかったから、祖母の好きなようにさせるつもりだったのだろう。

土曜日だったと思う。おじさんはやはり微笑を浮かべながら乗り込んで来た。

そして先《ま》ず、茶の間を見渡した。

その頃僕が住んでいたのは木造平屋の借家だった。茶の間の角には神棚が吊《つ》ってあった。最初からあったのか、借りた時に吊ったのかは知らない。普段はただあるだけだったが、正月には注連縄《しめなわ》を張り、お神酒《みき》をあげて、繭玉《まゆだま》と呼ばれる餅花《もちばな》や紙の縁起物飾りなどのついた木の枝を設《しつら》え、一家で拝んだ。そういうことが好きだった僕は、そういう理由で盆と正月が好きだった。葬式も法事も墓参りも、僕は好きだった。

おじさんは神棚を見上げて、

「これは駄目だね」

と言った。笑いながら。

「家の中に、こういうものはないかい？」

続けてそう言った。

母親はないと言ったが、蔭《かげ》から覗《のぞ》いていた僕はすぐに自分の机に飛んで行って、そういうものを隠した。

曼陀羅《まんだら》のポスターだとか、印刷された空海《くうかい》の御真影だとか、お札《ふだ》だとか、ミニチュアの仏像だとか何だか知らないがそういうものが沢山あったからである。

大急ぎで貼ってあるものを剥《は》がし、丸めたり畳んだりして、玩具の箱に入れたり、本棚の隙間に差し込んだりした。仏像の本やお寺の本、仏教関係の本などは押し入れの奥に入れた。仏像のミニチュアなんかはもう、怪獣のソフビなんかに混ぜて、判らなくした。

その時――二年前に買って貰った七体のプラモに目が行き、僕は何とも言い難《がた》い落ち着かない気持ちになった。

何とか誤魔化《ごまか》して茶の間に戻ると、おじさんは台に乗っかって金槌《かなづち》を振るい、神棚を撤去しているところだった。

――いいのか。

そう思った。罰が当たるとか畏《おそ》れ多いとか、そんな風に思った訳ではない。それはまあ、ただの木で出来た棚と社宮のミニチュアでしかないだろう。でも。

少なくとも今までずっと、家族はそこに祈って来たのである。それでどうなるというものではないのだけれど、家内安全だとか学業成就だとか健康だとか、そういうことを念じていた訳で、そうした気持ちまで一緒に破壊されてしまうのじゃないかと思ったのである。

神棚は外された。

おじさんはぞんざいに棚の残骸《ざんがい》と社宮を持って玄関に向かい、それを家の前の地べたにポイと投げ捨てた。

高坏《たかつき》や瓶子《へいじ》、榊立《さかきたて》なんかも同じ場所に放った。

外すのは外すとして、そんな風にするのかよと思った。立ち合っていた母親も困惑していた。祖母が入信するのはいいとして、まさか家の神棚を外されるとは思ってもいなかったのである。

おじさんは続いて仏間に乗り込んだ。

祖母は仏壇の前に座っていた。毎日している勤行と同じ恰好で。

「もう、これは必要ないからね」

おじさんはにこやかにそう言うと、仏壇に手を掛けて持ち上げようとした。

「位牌は」

「それも、要らないの」

「位牌が」

おじさんは、あの笑顔をキープしたまま、

「お題目だけでいいんですよ、おばあちゃん」

と言った。

「来週には新しい仏壇が届くから、それまではこのお題目の軸を掛けて、拝んでね」

おじさんは仏壇を持ち上げると、よたよたしながらやはり外に運び出し、神棚の残骸の上に――。

どん、と落とした。

仏壇はひしゃげて、扉が片方取れた。

位牌が二つ、転げ出た。

いや、せめてもう少し丁寧に扱えよと僕は思った。母親はやや涙ぐんでいたように思う。祖母は仏間から出て来なかった。

おじさんは益々《ますます》機嫌良さそうに破顔して、

「まき割りか何かないかな」

と、言った。冗談だと思った。このまま何処かへ持って行って、お焚《た》き上げか何かするのかなと思っていたからだ。母親もそう思っていたらしく、焼いたりしないのですかと問うた。

「焼いてもいいけど、場所がないでしょう」

おじさんはそう言った。お寺——だか何だか知らないけれども、その手の処《ところ》に持って行って供養してくれるという訳ではないらしかった。母親は仕方なく鉈《なた》のようなものを物置から持って来た。おじさんはそれを手にすると仏壇を文字通り叩《たた》き壊し始めた。ばりん、ばりんと音がする度、仏壇はただの木切れに変わって行った。

「せめて位牌は残してくださいな。今のお寺さんに預かって貰いますから」

「それは駄目よ。それじゃあ意味がないから」

おじさんはにっこりと笑って、そう言った。

そして笑いながら鉈を振るった。

口の中でお題目を唱えているようだった。

その、ちょっと狂気染みた様を——。

見ている人達がいた。

向かいの家の横の路地に一人。隣家との境に一人。電柱の後ろに一人。

皆、真っ黒い顔をしていた。汚い身形の、男か女か判らない、薄汚れた人達だった。それぞれがとても悲しそうな、否、恨めしそうな目付きでおじさんを見詰めていた。おじさんは全く気付いていないようで、仏壇を粗方《あらかた》破壊すると、神棚を壊し始めた。するとどこから現れたのか腰の曲がった老婆がその横に立ち、それは恐ろしい顔でおじさんを睨《にら》み付けた。おじさんは気付いていないのか、気付いていても別に気にしていないのか、同じように鉈でお宮を叩き壊し続けていた。

老婆はやはり汚れた顔で、髪の毛もぼさぼさだった。

一瞬、僕にだけ見えているのかと思ったのだが、そんなことはなく、母親にも見えているようだった。通行人も何人かいて、皆おじさんの行為を怪訝《けげん》に眺めては通り過ぎて行った訳だけれども、そのうちの一人は老婆を避《よ》けて歩き去ったから、まあ幻なんかではなく、老婆はそこにいたのだ。

老婆は眉間《みけん》に皺《しわ》を刻み、充血した眼でおじさんを睨み続けた。

おじさんは最後に位牌を割った。

それから、何か入れるものはないかしらと言った。入れるものとは何かという話なのだが、要は残骸を纏《まと》めて入れる箱とか袋とかそういうものを指しているようだった。今ならビニールのゴミ袋というところなのだろうが、当時はまだそんなものはなかった。

母親は呆《あき》れたというか、もうすっかり諦めてしまったらしく、物置から段ボールの箱を持って来た。

おじさんは残骸を箱に放り込んで、それから箒と塵取りで破片を集め、やはり箱の中に入れた。香炉だの燭台《しょくだい》だの、神棚の付属物なんかも投げ入れた。

「これ、捨ててください」

おじさんはにこやかに言った。

まあ、こうなってしまっては捨てる以外に道はあるまい。

おじさんは、

「じゃあこれからおばあちゃんにお勤めの仕方とか教えますから。その前にちょっと手を洗わせて頂戴《ちょうだい》ね」

と言って、家の中に入ってしまった。

僕と母親は暫く呆然《ぼうぜん》と段ボール箱を眺めていたが、今更どうしようもなく、そのまま軒の下に寄せた。燃えないものは分けた方が良いかしらねと母は言った。瀬戸物だけ出せばと僕は答えた。仏壇の金箔《きんぱく》の飾りなんかは剥がせないだろうし、燃えるような気がした。

顔を上げると老婆の姿はなく、汚い人達もいなくなっていた。

まあ、見世物が終わったのだから何処かに行ったのだろうと思っていた。

その後、帰って来た父親は神棚が壊されたことを知って結構怒っていたと思う。何だか知らないが家長の許可もなく勝手だというような怒り方だったが、多分そんなことはどうでも良くて、神棚がなくなってしまったことがショックだったのだろうと思う。

父はかなり長い間不機嫌だった。

そもそもおじさんとそりが合わなかったということを後から聞いた。

仏壇と神棚の残骸はその後どう処理されたのか知らない。

その日から、祖母の朝のお勤めは南無阿弥陀仏から南無妙法蓮華経に変わった。

教典は日蓮宗で使う正式なものと同じもののようだったが、本尊の髭《ひげ》題目は少し違っているように見えた。

やがて新しい仏壇が届いた。

前の仏壇よりも小振りで、飾りもなくて、戸棚のようだった。

何だかつまらないなと僕は思った。

おじさんは、お経は誦んでも誦まなくてもいいから、とにかくお題目を何遍でも何遍でも唱えろと祖母に指導したらしい。祖母は最初のうちは経文も誦んでいたのだが、誦み終えてから果てしなく題目を唱えなければならない訳で、結局は題目だけを上げるようになり、やがて止《や》めてしまった。

とにかく何遍でも何遍でも唱えろというのだから、これはきりがないのである。祖母は仕事がある訳でも学校に行く訳でもないから、一日中家にいる。自分で切り上げない限りはずっと唱え続けることになる。止《や》め時が判らないのである。だから徐々に短くなる。しかし五分や十分でいいとも思えなかったのだろう。ならばもういいと見切りをつけて、祖母は朝のお勤め自体を止《や》めてしまった、という訳である。

仏壇の中には文字が書かれた軸が下がっているだけである。それまで入っていたのが誰の位牌だったのか僕はきちんと認識していなかったのだけれど、祖母にしてみればその位牌の主《ぬし》に向けて念仏を唱えていたのだろうから、これはモチベーションも下がろうというものである。

僕は、少々祖母が気の毒になってしまった。

おじさんはその後は月に一度くらいやって来て、アルカイク・スマイルを振り撒きながら、幸福になったでしょう幸せになったでしょうと言った。家の者は皆薄笑いではあはあと言うだけだったのだが、おじさんは自分が如何《いか》に儲かっているか、羽振りが良いかということを語った。

僕は、子供ながらに色々思うところもあったので、そそくさと家を抜け出して遊びに行ったりして、おじさんとは顔を合わせないように工夫していた。

まあ、高いお布施を請求するでも寄付金を取るでもなく、集会に出ろとか奉仕活動をしろというような強制もなく、仏壇にしても格安で提供してくれたようだから、おじさんは本心で我が家の幸福を願って改宗を勧めてくれたのだろうと思う。欲得ずくではなく、本気だったのだろう。

とはいうものの、我が家は取り立てて裕福になることもなく、あれこれ上手《うま》く運ぶようになった訳でもなくて、言ってみれば代わり映えのしない毎日を送っていたのだ。そんな心持ちで現世利益など感じられる訳もなかった。

変わったことと言えば、拝む対象がなくなってしまったので、毎年年頭に家族揃って行っていた行事がなくなったということと、毎朝聞こえていた念仏が絶えたということくらいであった。仏壇の戸も閉じられたままのことが多くなった。

かといって凶事があった訳でもない。

祖母は体調が優れなくなり、入院したりもしたのだが、年寄りが病《やまい》がちだったのは前前からのことで、仏壇を壊したからという訳ではないだろう。間もなく父方の祖父が逝き、飼っていた犬も死んだが、それもまあ、あることだろうと思う。父親の仕事が上手く行かないというのも、その時に始まったことではなかった。見ようによっては不幸なのかもしれないが、改めてそう思わなければ、まあ概ねは普通だったのだ。良くなったとは思えないというだけである。

おじさんは、年が明けるとぱたっと姿を見せなくなった。

年末に来た時には、今度は僕を教団の本部に連れて行きたいというようなことを言っていたらしいから、母親なんかは結構警戒していたらしいのだが、何の連絡もなかったようだ。

年頭の神頼みこそなかったのだけれど、それでも日常の生活に変化は一切なかった訳で、僕も日々に追われてそのうち進級した。おじさんに関する記憶の前後関係は実に曖昧なのだけれど、『宇宙猿人ゴリ対スペクトルマン』を足掛かりにして整理すると、そういう勘定《かんじょう》になる。六年生になったということだ。

その頃、僕は将来の職業として僧侶を志望するようになっていた。

それまではぼんやりと思っていただけだったのだが、宗派に依《よ》っては中学から専門の学校に行かなければならないという話を聞き、やにわに具体化してしまったという訳である。そんなこともあって、六年生の僕は様々な宗派のお坊さんに会ってあれこれと話を聞いた。宗派を決めなくては僧侶にはなれない。

そんな中で、日蓮宗のお坊さんに会う機会があった。

色々お話を伺って、最後におじさんのことを少し話した。お坊さんは困った顔をしていた。おじさんが何処の団体に入信していたのかはすぐに判ったらしかった。どうやらそこは、その手の問題を頻繁に起こしていたらしい。お寺の方に苦情が持ち込まれることも多かったようだ。

「でも、そこは、もうなくなってしまいましたよ」

お坊さんはそう言った。僕は驚いた。

お祖母《ばあ》さんも大変でしたねとお坊さんは気の毒そうに言った。

その団体には百五十人くらい信者がいたようなのだが、正式な宗教法人ではなかったらしい。主宰していたのも僧籍にある人物ではなかったそうである。代表は霊能者のような人だったという。本尊代わりの髭題目も正式なものではなくて、その霊能者が自分で書いたもののようだった。何があったのかは知らないが、その主宰者とやらが夜逃げして、団体も自然消滅したという話である。

そういうことだから、仏壇の中の掛け軸はお願いして処分して貰った。

だから暫くの間、家の仏壇は空っぽだった。壊された位牌も作り直そうかという話になったのだが、祖母は入退院を繰り返しており、それどころではなかった。何にせよ生きている者優先である。結局、古い位牌を作り直す前に祖母は逝き、空っぽの仏壇の中には祖母の位牌が入ることになったのだが。

おじさんの消息は不明だった。

会社も潰れてしまったようで、連絡はつかなかった。

僕の方は色々と手続きが追い付かず、ぼおっとしているうちに仏教系の中学校に行くことは出来なくなってしまい、公立中学に普通に進学した。僧侶志望というところだけは変わっていなかったから、高校は仏教系のところを受験することにした。一応合格はしたのだが、家の都合で行くことが出来なくなり、そのうえ引っ越しまでしてしまったため、全く知らない町の公立高校に通うことになった。

おじさんのことなど完全に忘れていた。

忘れたというより、そもそも全体的に霞《かす》んでいて、記憶自体が薄かった。

あの人は本当に存在したのだろうか。思い返してみると、あのアルカイク・スマイルもどことなく嘘臭い気がする。神棚や仏壇を破壊している有り様も、冗談めいていて現実感がない。七体あったプラモデルも少しずつ壊れたりなくなったりして、引っ越しの際に殆どが失われ、手だの脚だのが残っている程度になっていた。

ただ、その七体のプラモデルの残骸と、がら空きの仏壇だけがおじさんの存在を証明する証しだったのである。

高校三年に進級した春。

美術部だった僕は、部活の仲間と大きな街まで画材を買いに出掛けた。

僕は駅のホームで、ちょっと異様なものを見た。

ベンチに汚れた人達が並んで座っているのだった。その頃になると、もう街中でその手の人達を見掛けることは少なくなっていたから、かなり目立った。五人掛けのベンチに六人。横に立っている子供を入れると七人だった。全員が汚れていて、顔も黒く煤けていた。かなり目を引く光景なのだけれど、じろじろ見たりしては失礼なので、みんな見て見ぬ振りをして通り過ぎた。僕もちらりと見ただけだった。

だが。

端に座っているのは、おじさんだ。

ぼさぼさ頭の怒った顔の老婆の横に座っているのは。

——おじさんだ。

そう思った。

そういえばその街は、その昔おじさんが住んでいた街だ。おじさんは——。

僕は振り向かなかった。だから——何だというのだ。汚らしい身形になったおじさんは、どんな顔をしているのか。泣いているのか怒っているのか。

やはりアルカイク・スマイルを浮かべているのか。

そんなことはどうでもいいことではないか。見ても仕様がない。

例えばこれを教訓めいた話にしてしまったのでは、おじさんはただの寓話《ぐうわ》になってしまう。そうじゃないだろう。おじさんは、存在した。ただ、僕の遠い記憶に巣くう虫のようなものになってしまったのだけれど。

おじさんの生死は今なお不明だ。おじさんのことを覚えている人々も皆逝ってしまった。今はもう、母くらいしか残っていない。

おじさんの人生を想像することは容易《たやす》い。

でも、それは嘘だ。

いや、この話は、嘘である。全部が全部嘘ではない。でも、多分嘘である。記憶は概ね嘘である。繋《つな》ぎ合わされておはなしになってしまったなら、それは嘘である。

遠い昔のおじさんは、微笑みながら今日も仏壇を壊している。それを偶《たま》に思い出す。

それでいいのだろうと僕は思った。

クラス

妹が来《く》んねん、と御木《みき》さんは言った。

御木さんは、まあクラスメイトなのだが、齢《とし》は十歳くらい上である。

そうした言い方をすると実に妙な具合に聞こえてしまうのだけれど、御木さんは関西の何とかいう大学の理工学部を卒業した後、やはり関西の企業にエンジニアとして就職し、暫《しばら》く働いてからデザイナーに転身を図り、デザイン系の学校に入り直したという変わり種なのである。

高校を卒業してすぐ入学した僕はまだ十八歳の小僧だった訳だが、御木さんはもう二十八九だった。

まあ、かなり齢上ではあったのだけれど、気さくというか物腰が軽いというか、御木さんは年齢差を殆《ほとん》ど感じさせない人だった。

僕の通っていた学校は新卒の生徒が極めて少ない。だからクラスの大体は齢上だったのだが、中には偉ぶったり齢下を見下げたりする者も少なからずいた訳で、そういう意味では付き合い易い人だった。

デザイン学校卒業後、御木さんはいくつか職場を転々としたようだが、やがて——偶然にも僕の就職先のデザイン事務所に中途採用されたのだった。僕が独立するまで、御木さんは僕の同僚でもあった訳である。

困っとるンやと御木さんは続ける。

「いや、御木さん。それは——」

「判っとんねん判っとんねん。頭ごなしに否定せんでくれよ。もう、そないなことあるかい、ちゅう顔してるがな」

御木さんは石垣島《いしがきじま》の出身である。ただ、どういう訳か関西弁を喋《しゃべ》る。

関西時代——大学時代の四年間と、エンジニアとして過ごした数年間——で、すっかり関西の言葉が身に染みてしまって、何故《なぜ》か脱《ぬ》けなくなってしまったらしい。郷里の言葉は全く出ないらしい。そうだとしても、もう東京暮らしの方がずっと長い筈《はず》なのだけれど、どういう訳か関東の言葉にはならない。

「いや、否定——というかですねえ」

僕は返事に困る。

「判ってるて。ナッちゃんはそういうの駄目な口やろ」

僕のことをそう呼ぶのはデザイン学校時代の人間だけだ。

久し振りに呼ばれると新鮮である。その頃の友人とはどういう訳か疎遠である。年賀状の遣《や》り取りをするくらいで、リアルに会うことはまずない。

御木さんとも十年ぶりか、十五年ぶりか、それくらい間《ま》が開《あ》いているのだけれど、どうも呼び方は変えられないらしい。

もう一杯飲んでええかと御木さんは言う。

僕が返事をする前に御木さんはグレープフルーツサワーを注文した。

「まだ下戸《げこ》なんやな。そっちの業界で下戸ちゅうのはやり難《にく》いのと違うの」

「いや、意外に多いですよ」

「そうなんや。ええな、それは。もう、俺なんかただの飲んだくれやで。家飲みやけどな。酒場は久し振りや。でな、まあその――」

妹や、と御木さんは言う。

「ですから御木さん」

「ええて。その通りや。俺の妹はもうおらんねん」

「もう――って、御木さん」

「前にも言うた思うけどな、五十年から前に死んでんねん」

「いや――」

そんな話は聞いてない。と、いうか。

「あのな、妹は俺の三つ下なんや。あれは俺が高校一年の時やったから、妹は中学一年ちゅうことになるな。早生まれやったから――でも、まだ十二か十三か、そこらやで」

「はあ」

「前にも言ったけど山崩れがあってな。それで死んだンやけど。可哀想やったなあ。台風で地盤が緩んでおったんやな。妹の中学校がな、半分埋もってしもた。休みの日やったから生徒は誰もおらんと思ったンやろなあ。まあ、そう思うやろ」

「はあ」

そう——答えるよりない。

「あんな、妹、飼育当番やってん。兎《うさぎ》か何か飼ってたのと違うかな。でな、何やろ、前の日が嵐で、世話出来んかったから——いや、そら凄《すご》い風でなあ、家から出られん程の台風やってん、その時。で、まあ心配になったんやろなあ」

「兎がですか」

「兎やろね。でな、様子見に行ったんか、餌遣りに行ったんか、それは判らんのよ。うちの者も、誰も妹が学校行ったこと知らへんかったんやから。俺も知らんかったわ。そんで、まあ山崩れでうちの地区は大騒ぎになってな、消防やら何やら、そんなもんでは役に立たんのやあれは。住宅が三棟土砂に呑《の》まれて、壊れた家も結構あったから。生き埋めンなった人も、四五人はおったで。まあ、そういう人は救《たす》けられたんやけども。埋もった家に住んどる爺婆《じじばば》やし、そこに生き埋めになっとるの判ってるからな。近所も総出で掘って出して、まあみんな救かったんや。で、夕方になって、漸《ようや》っと須美子《すみこ》は何処に行ったんやろうという話になったンや」

出掛けたの多分朝やでと御木さんは言った。

「崩れたのはな、あれ、十時頃やったかな。で、妹おらんの気付いたのはもう、夕方の六時とかそんなものやで。こらおかしいと、で、まあ、学校やないかとな。でも、住宅と違って学校はでかいやろ。掘るちゅうても時間かかるし、何より誰もおらんと思われてたよってて」

翌日の夜やで出て来たのと御木さんは言った。

「あれなあ、すぐに掘っておれば助かったんよ、きっと。どうやら暫くは生きておったようやから。潰《つぶ》されたとかやなくて、隙間があったようなんやね。ほんまの生き埋めやで。空気がのうなって、窒息したンや」

可哀想やろ可哀想やでと、御木さんは酒を呷《あお》る。

昔から、元々涙脆《なみだもろ》い人なのだ。目が潤んでいる。

「さっさと掘っとればなあ。ちゅうか、俺ら家のもんが気付いておればちゅう話や。もう、いいだけ生きた爺婆はみんな助かって、妹だけ死んでしもた。まだ十二三やで。子供やないか」

「ええ――」

苦しかったやろ辛《つら》かったやろ。

「さぞかし無念やったろと思うねん」

「それは――僕もそう思いますけどね。その、それは」

「まあ、それはそれや」

御木さんはそう言って、仕切り直すような顔をした。

「昔の話やし。ただな、こないだ、丁度、あれは半年くらい前のことかなあ」

「半年前って――今年の話ですか」

「今年も今年。夏前くらいやったと思うで。あのな、俺、今、こんなん作ってんねん」

御木さんは草臥《くたび》れた鞄《かばん》から紙束を出した。

何かの説明書のようだった。

「小さい会社なんやけどね。通信機器、ルーターとかあるやろ。それ作っとる会社なんや、そこ。で、まあ社内にもデザイン部門あるんやけども、そこの外注。これが廉《やす》いねん、ギャラ。でもなあ、贅沢《ぜいたく》は言えんからな。まあごちゃごちゃ細かいんや。手間ばかりかかる。働けど働けど、なんも儲《もう》からんのやわ。そらまあええけど。で、まあそこのな、応接におったんや」

「御木さんがですか？」

「そう。ラフ持って。そしたらな」

どんな展開なのか全く読めない。

夢で見たとか枕元に現れたとか、そうした話ではないようである。

「まあ応接いうてもな、部屋やなくて、パーテーションで仕切ってあるだけなんや、そこ。で、俺は不味《まず》いコーヒーかなんか飲んで、担当を待っておった訳。で、まあ仕切ってあるだけやから、見えるやろ」

「何がです」

「いや、ロビーいうんかな。判らんけど、まあ受付があって、その廻《まわ》りに簡単な打ち合わせが出来るようなとこがあんねんて。小さいテーブルと椅子が並んどって。判らんかな」

「まあ、判る気がしますが」

「そこにな、ぽつねんと座っておるンよ」

「誰が」

「おばはん」

「は？」

「おばはんや。いや、もう婆《ばば》や婆」

「それが――」

「そうや。妹やってん」

「ちょっと待ってくださいよ。妹さんは――」

「そや。中学一年、十三で死んだ」

「だったら」

「いや、生きておったらあんなもんや。俺はもう六十越した」

それは――。

おかしいでしょうと言った。

「おかしいな。あれ、おかしかったんや。ものすご目立っとった。けったいなおばはんやな思たんや」

「けったいなんですか？」

「そらけったいや。まあ、小そうても会社やから、色んな人が来るわ。保険の外交やら売り込みやら、業者やら代理店やら、クレーム付けに来た客やら、様々やね。そこの椅子には、まあ色んな人が座っとるがな。せやけど、まあ、どう見たって変なンや」

「何が」

制服着ておったと御木さんは言った。

「制服って」

「せやから、うちの地元の、中学の制服やて」

「はあ？」

「妹の着ていた中学の制服や。セーラー服やないんやけど、何ちゅうの。でも見慣れとるわ。俺の母校でもあるからな。見間違えようがないわ。あら、間違いない。だから目に付いたし、まあ」

それは——けったいに思うだろうが。

「いや、でも若くなかったんですよね、その人」

「おばはんやて。髪も白髪《しらが》や。皺《しわ》くちゃや。それが下向いてな、こう」

御木さんは項垂《うなだ》れた。多分、その人の真似をしたのだ。

「萎《しお》れて座っておんねん。ただじっとや」

「いやいや、何度も言うようですが、待ってください。それは」

ひと昔前なら、いかれた人——と謂《い》われていたのだろうし、またそう言ってしまっても良かったのだろう。

だが、今はいけない。外見だけで異常と規定するのは、差別的な行為となるだろう。

昨今は何でもアリなのである。法律に抵触さえしなければどんなファッションも許される。フリルのついたお人形のドレスのような衣装を纏《まと》った老婆だって、平気で電車に乗っている。女装したおじさんもいる。他人に迷惑をかけない限り、そうした多様性は認められるべきだろうし、認める方向の世の中になっている。セーラー服を着た中年女性くらい平気でいるだろう。

「あのな、その制服がな、汚いンや。少しほつれておって、泥がついてるンや」

「はあ」

「土砂の中から掘り出した時の妹の服なんやて。あいつ、休みやったのに、学校行くからいうて制服着て行ったんやて。そのまんまなんや。髪形もな、同じなんや。まあ白髪なんやけど、同じや。何より体つきとか座り方とか、まったく妹そのままなんや。ハッと思うた。それから、暫く観察して、顔もな、妹の老けた顔やと思うてなあ」

「そんなことありますかね」

あったんやから仕方がないわと御木さんは言った。

「こら、幽霊やと——まあ、そやなあ、三分くらいしてからそう思うて、思った途端にな、今度はぞっとしたわ。でもなあ、考えてもみ。真っ昼間やで。しかも、仕事先やからな。俺かて、まあいいオヤジやし、そんなことあるかと思い直してな、もう一度見たんやね。そしたらなあ——やっぱり妹なんや」

困った。何と言っていいのか判らなかった。

「で、まあ人も仰山《ぎょうさん》おるし、昼間やしな、怖いこともない思うてな、ちょっと話し掛けたろと」

「いや、幽霊にですか」

「幽霊と違うかもしれんやろ」

「そうですけど、違うなら知らない人でしょう」

「いや、制服ちゅうアイテムがあるからね。話の契機《きっかけ》はあるやろ。それ、どこそこの制服違《ちゃ》いますかと話し掛ければやな」

まあそうなのだが。

その場合、それで妹さんだったら——どうするというのだ。

「腰浮かせたら、悪い具合に担当が来たンや。ああ、思て、挨拶《あいさつ》して、で、もう一度見たら」

「消えていましたか」

まだおったと御木さんは言った。

「そんなに瞬間的に消えたら、絶対に幽霊やろ。でもそうやなかった。いるんや。担当の肩越しに見えるンや妹が。もう気になって気になってなあ。上の空や。で、まあ打ち合わせ終わって見たら、今度はおらん」

「うーん。それ、やっぱり人違いというか、見間違いというか、そういう――」

「そやないの」

御木さんはそこでもう一杯サワーを注文した。

かなり飲んでいる。

「俺かてな、阿呆《あほ》違うんよ。だから、そう思ったさ。そんなケッタイな話はよう聞かんからな。見間違いや気の所為《せい》やと思ったわ。そん時はな。でもなあ。あんな、俺、今は蒲田《かまた》に住んでるんやけどね、蒲田の賃貸マンション。もう十二三年そこに住んどんのやけど――ご存じの通り、まだ独身なんや」

話が飛びますねと言うと、飛んでないわと言われた。

「そっちはな、まあ早《はよ》うに結婚したから、独り身ちゅうもんの淋《さみ》しさは判らんやろ。まあ、俺もな、四十半《なか》ばくらいまでは、家に来る女もいたし、少しは一緒に住んだ相手もいたんや。女の方はともかく、俺の方は女好きやからな。でもな、六十オーバーなんやで。還暦過ぎてるンやでもう。こうなるとな、来る女なんてもうおらん。おっても介護とかやで。デイサービスや」

「まだそんな齢じゃないでしょうに」

「そんな齢なんやて。女ッ気なんか、鼻毛の先程もない。六十過ぎのチョンガーなんて惨《みじ》めなもんやで。だらしないし、色気も何もない訳や。まあ玄関以外の戸は全部開け放しや。閉める謂《いわ》れがない。便所の戸ォかて開けたままするわ。独りやもん。で、まあ寝室があんねんけど、ベッドに寝てな、こう顔を向けると、開けっ放しのドアから、キッチンのな、食卓が丁度見えるンやね。そう思ってくれ」

それなら、想像することは容易《たやす》い。

座ってるんやと御木さんは言った。

「座ってるというのは」

「だから、妹や」

「え?」

「そのな、仕事先で見たのと同じ、老けた妹が、同じ姿勢でな、座ってたんやて」

「じゃあ御木さんの家に――」

出た、とは言えなかった。出たと言った途端に幽霊だと認めることになるからだ。少し言葉を濁し、いつのことですかと尋《き》いた。

「その、仕事先で見た一箇月後か、そんなもんやったかなあ、最初は。夏の盛りの暑い時期やった」

「夏――ですか。じゃあ七月とか八月とか」

三四箇月前のことだ。

「俺もな、まあ寝入りばなゆうか寝付けんかったゆうか、どうもその、曖昧《あいまい》な時ってあるやろ。そんなやったからさ、寝惚《ねぼ》けたか夢か、そんな風に思うてな、頭も暈《ぼや》けとったし、まあ見んようにして寝た。最初は——やで。でもな、そやなあ、一週間に一度か二度は出るんや」

「座っているんですか？」

「座っておる。二度目は怖くなってな。電気点《つ》けて」

「そしたら消えた？」

「おった」

「電燈《でんとう》を点けて明るくしてもですか」

「おるんやもの。ちゃんと影も出来ておってな。透けたりしてない。実際にいる。存在してる。もう、怖くてなあ。でもな、まあ一月《ひとつき》くらいしたら」

馴《な》れたと御木さんは言った。

「馴れたって、それは——どうなのかなあ」

「馴れたもんはしゃあないやんか。馴れるもんやて。どんなもんでもな。それに、恨み言語るでもなし、悪さするでもなしや。そうしてみると、まあ不憫《ふびん》な妹やからね」

「そうですけど——どうしたんです？」

向かいに座ってみたわと言って御木さんは少し笑った。

「向かいって——」

「せやからね。一人暮らしちゅうても、食卓には椅子の二脚くらいあるて。キッチンの電気点けて向かいに座って、繁々と見てな。まあ、やっぱり妹なんやね、これが。老けた妹。まあ、向こうにしてみれば俺かていいだけ老け散らかしとる訳やから、お互い様やけど」

「あなたは生きてますからねえ。しかしなあ」

何と言えばいいのか、余計に判らない。

「話し掛けてもみたけどな、何も言わんわ。ただ下向いておるだけや。まあ死んでるんやしな。流石《さすが》に触るのはどうかと思うてなあ。それはしてないけども、そうしてるうちに、段々と不憫が増してな。俺な、親も死んで、郷里との地縁はもうないんよ。せやから、もう何十年も帰ってなかったンや。墓参りかてしてない訳や。それでなあ、淋しいんかなあと思うてサ」

「郷里って、石垣島ですか」

「そう。遠いやろ。交通費かてバカにならんの。この不景気やしね。余裕はないのよ」

「まあ――近いとは言い難《がた》いですがねえ」

「でも九月に帰ったンや。無理して。命日がな、九月三日や」

具体的だ。妙にリアルだ。そんな風に思った。でも。

「ところがな、これがやねえ」

お墓がなかったんじゃないですかと僕は言った。

よく判ったなと御木さんは大いに驚いた。

「そうなんや。いや、そういうことあんのんか？」

「いや――」

そうではないのだが。

「ないんや。墓が。何処にも。いや、墓地はあるんやで。でもな、あるべき筈の処《ところ》には墓石も何にもない訳さ。坊さんに尋いても埒《らち》が明かんの。つうか、知り合いがまずおらんかったから」

「伺いますがね、御木さん。その、あるべき筈の場所というのは、あなたの先祖代々の墓なんですか」

「違《ちゃ》う。うちは分家やし。親父とおふくろは、島出て死んどるし、鹿児島《かごしま》に墓があるんや。で、島で死んだのは妹だけで、だからそれは妹の墓なんや」

「そこには――何があったんです？　というか、なかったんでしょう、墓」

「せやからなかった言うてるやないか。空き地になってるんや。墓石がない」

「空き地？　スペースが空いてるんですか？」

「空いとったで。草も生えてない。丁度、墓石一箇分、土が出ておってな。そこにな」

「そこに？」

動物がいたと御木さんは言った。

「動物？　動物って」

「これっくらいの、猫くらいやなあ。動物や。腹這《はらば》いでな。動かんのよ。死んではおらんかったけど」

「猫くらい——ということは、猫じゃないんですね？　犬ですか」

あんな犬はおらんでと言って、御木さんはサワーを空けた。

「そやなあ。膚《はだ》の色やら、毛並みちゅうんかな。それはな、豚みたいやった」

「豚？　子豚？」

「豚ではないよ。痩《や》せておったしね。弱っているというか、瀕死《ひんし》ちゅうか、そういう感じやったからねえ」

「痩せた豚じゃないんですね？」

「だから豚なんかやないって。シッポもないわ」

「はあ？」

「人の肌色みたいな色してるんやけど、毛は——生えておるンやろな。で、まあ脚は猫みたいな感じや」

「それは奇態なもんですね。毛の脱けた猫じゃないんですか。スフィンクスという種は体毛がなくて、そんな感じですけどね」

「猫じゃないさ」

「違う？」

「猫の訳はないんやて。だって」

顔が。

顔が妹やったから。

「何ですって？」

「顔がな、妹の顔なんや。おばはんになった妹やないで。死んだ頃の、中学生の頃の妹の顔なんや。小振りやけども、髪も生えておって、生き写しやで。それがこう、ぺたんとな、腹這いになって、息はしておるから死んではおらんのやけど、立ち上がりもせんし鳴きもせんの。眼ェも虚《うつ》ろでな、死にかけやな。あれはなんちゅう獣なのかな」

「そんな」

そんな動物はいない。

「どうにかしょうと思ったんやけど、どうにも出来んのよ。触るとぴくぴくするんやけど、抱き上げるのはちょっと気持ち悪うてなあ。餌でも遣ろうかと思ったんやけど、何を喰《く》うやら」

御木さんは頰《ほお》を攣《つ》らせている。

思い出しているのだろうけれど。

「指をこう、出して、顔のところにな、持って行ってみたんや。そしたら」

咬《か》まれた。

「凄い力で咬まれた。痛かったでえ。見てくれや。指先、咬み切られて少し短《みじこ》うなってしもた」

御木さんは指を見せてくれた。怪我の痕《あと》のようなものは見て取れたけれど、咬み切られたようには思えなかった。

「ようけ血ィが出てな。慌てて引っ込めて、病院行って、応急手当して貰《もろ》た。バイキン入ったら大変やからなあ。医者も驚いておったで。何に咬まれたンやて。動物やとしか言いようがないやろ。猿みたいな咬み傷ですなあ、言われて。猿やないんやけどね」

顔は妹なんやし。

だから、そんな動物はいない。

「で、その後に、も一度行ってみたんやけど」

「どう――なってました」

「動物はおらへんようになっとって、代わりに」

「代わりに？」

「何や、泡みたいなものがあって、そこから虫がいっぱい涌《わ》いておったわ。浮塵子《うんか》みたいな飛ぶ虫や」

無茶苦茶――だ。

意味が解らんなあと御木さんは言う。本当に解らない。

「もう、大枚叩《はた》いて石垣に行った意味がない。仕方なしに戻ったんやけどね」

部屋に出る妹さんはどうしましたと問うと、ずっとおるでという答えが返って来た。

「ずっと――ですか」

「まあ、ずっというてもおらんようになるから。通《かよ》ってるゆうかねえ」

妹、来《く》んのやねえと御木さんはもう一度言った。

「あれは、何を主張してるんやろ。供養せんとあかんのかね。淋しいんかね。まあ、死んでいるんやから幽霊なんやろうねえ」

「違いますよ」

僕は断言した。

「またあ。君にしてみりゃそうかもしらんけど、俺はこの目ェで」

「いや、何かいるんでしょうし、なら見えるんでしょうけど、それがあなたの妹でないことだけは確かですよと、僕は言った。

「そうかな」

「ええ。それだけは違います。だから、幽霊じゃあない」

そう。

それは間違いない。

何故なら、御木さんに——妹はいないからである。

僕は、御木さんのお父さんのお葬式に出席するため鹿児島まで行っている。

その時、喪主である御木さんのお兄さんにあれこれ話を聞かされたのだ。御木さんは男ばかりの三人兄弟で、お父さんは高齢になったので鹿児島の長男夫婦が引き取ったのだということだった。

御木さんは末っ子で、御木さんが生まれてすぐ、お母さんは亡くなった。お父さんが亡くなった際、石垣島に埋葬されているお母さんの遺骨も、お父さんと同じ鹿児島の墓に入れてやるのだとお兄さんは言っていた。改葬が済めば石垣島とも縁が切れると、そんなことを言っていた。

だから御木さんに妹がいる訳がないのだ。

土砂崩れの話も、僕は一度も聞いたことがない。

御木さんは話したことがあるように言うのだけれど、僕が御木さんから聞かされる家族の話は、大抵お兄さんのことだった。お母さんがいなかったから、男ばかり四人の所帯はむさいだの弁当が不味《まず》かっただの、そんな話ばかりだったのだ。

妹のことを聞かされたことなどは一度としてない。

当たり前である。いないのだから。

いないものは山崩れに巻き込まれないし、いないものは死にようがない。

幽霊になる訳もない。

でも、僕はそうは言わなかった。

御木さんの中で、何かがちょっとズレてしまったのだろう。ちょっとだけズレて、違う過去が見えてしまったんだろう。ならそれでいいじゃないか。狂ってるという程のことじゃない。

否定することもない。そう思った。

ただ。

それは幽霊じゃないし、淋しがっている訳でもないと、僕はそれだけを言った。

そうかいそうかなと、御木さんは複雑な表情になった。

その――。

一週間くらい後のこと。

僕は、一度挿し絵を描いて貰《もら》ったイラストレーターの個展があったので、神楽坂の画廊まで出掛けた。そんなに大きなギャラリーではなかったのだが、売り出し中の注目作家だったから、オープニングのレセプションはそれなりに盛況で、会場に入り切らないくらい人が来ていた。

あまりにも人が多いので、取り敢《あ》えず挨拶だけして、外に用意された喫煙所で会場が落ち着くのを待っていたのだが、そこで偶然、珍しい人に会った。

それは久米田《くめだ》というデザイナーだった。

聞けば、久米田はそのイラストレーターの作品を何とかいう企業のポスターに起用して、何とかいう賞を獲《と》ったのだという。そのポスターは僕も知っていた。挿し絵を依頼する際に見せて貰ったポートフォリオにも、そのポスターに使用した作品が載っていたと思う。

久米田は、やはりデザイン学校の同窓で、二つくらい齢上である。

つまり、御木さんとも同窓ということになる。

四方山話《よもやまばなし》をしているうちに、僕はまだ記憶に新しかった御木さんのことも話題にしたのだった。まあ、久し振りに会ったのはいいが、多少困惑してしまった——という話をしたのである。

久米田は眼を細め、口を曲げた。

「おいナッちゃん。大丈夫か。怖いこと言うんじゃないよ」

「いや、怖いこと言ってるのは御木さんですよ。僕じゃあない」

「おいおい。そうじゃないだろう。怖いこと言ってるのは君だってば」

久米田はより顔を顰《しか》めた。

「どういうことです？」

「尋きたいのはこっちさ。君は何だ、一週間前に御木さんに会って話をしたと、こう言うんだな」

「言うんだなって、そうですよ。それで」

御木さんは死んでるだろと久米田は言った。

「ああ？」

「死んでるだろうよ。ええと、七年前だよ。葬式あっただろ」

「知らないですよ。嘘でしょう。怖がらせようとしたって駄目ですって」

「怖いのはこっちだって。そうそう、思い出した。ほら、御木さん、樹海で首吊《つ》ったんだよ」

「自殺？　いや、本当ですか？　信じられませんよ」

「本当だって。発見された時は死後三箇月くらいで、かなり腐敗してたから身許《みもと》も中々判らなくって――」

「いやだなあ、久米田さん、そんな――僕を担いでるんじゃないんですか？」

「誰が担ぐものかい。そんな遺体だったから、家族がいる鹿児島までは運べなくて、蒲田の御木さんのマンションに運ぶのもどうかということになったようで――独り暮らしなんだから誰もいないしね。それで、そうだよ。ほら、発見されたとこ、山梨《やまなし》で葬式したんじゃないか。ほら、鹿児島のお兄さんも来て、御木さんお兄さんから三十万ばかり借金してて、それが返せなくって、それを苦に自殺したらしいとか言ってたよ。たった三十万で死ぬなんて、どうかしてるって――あれ？　そういえば君はあの時、いなかったかな」

　いない。それは。

「いいや、僕は知らない。全く知らないですよ。僕は葬式のために山梨県なんか行ってないし」

　そういえばいなかったなあと久米田は言った。

「いたら覚えてるよな。七年前なら君はもうデビューしているしな」

「まあ、そうですよ。しかし久米田さんこそ勘違いしてるんじゃないですか？　それって、あの御木さんのことなんですか？　濃い顔した、石垣島出身の、元エンジニアの」

「クラスで一番年長だった御木さんだよ。間違わないよ。遺影も濃かったし。しかし君には連絡行かなかったんか？　そういえば、誰から連絡が来たんだっけな。潮田《うしおだ》君からだっけ。麻田《あさだ》からだっけな？」

「なら——僕に連絡は来ないかもしれないですね。僕の連絡先をその二人は知らないですよ、多分。年賀状も出していないから。そもそも、僕は同窓会にも出てないし——」

「そうか。しかしね、どうであれ御木さんは死んでるって。君こそ」

誰に会ったんだよと久米田は言った。

「どういうことなんだ？　先方から連絡が来たのかい」

「連絡は——来ないですよ。いや、この間トークイベントがあって、その時に客で来たんですよ」

「誰が。御木さんがかい」

「御木——さんが——ということになりますね」

君のトークショウには死人も来るのかと言って久米田は苦笑した。

「君らしいけどな」

「どういう意味ですか。それで、受付にメモがあって、名前と携帯の番号が——」

「それで死人に電話をしたのか君は？」

そういうことになる。

久米田の言うことが本当ならば——である。

とんだ霊界電話だなあと久米田は笑った。

「エジソンだって発明出来なかったのにな」

「いや——どうなんだろう。僕が会ったのは」

会って話したのは誰だ。

そこで、イラストレーターのスピーチが始まったので、僕達はギャラリーの裡《なか》に入った。

話はそのまま有耶無耶《うやむや》になった。

どうにも——。

納得が行かなかった。

僕は家に戻るとトークイベントの時に受付の編集者から貰ったメモを捜した。

もう一度御木さんに電話してみようと思ったのである。死んでいようが生きていようが一度は電話しているのだ。僕は、相手が何者であれ、御木さんでなかったのだとしても、電話して直接会っているのである。

しかし、どういう訳かメモが見当たらない。何処にもない。

そういう、どうでもいいものを失《な》くさないというのが僕の長所でもあり、短所でもある。だから失くしてしまうというのは釈然としない。かなり捜したが、なかった。

愈々《いよいよ》釈然としない。

久米田の言うことが真実なら僕は幽霊と面会した、ということになる。

幽霊が幽霊の話をしたのか。幽霊が幽霊を怖がったのか。

さもなければ、僕は狂っている。

そういうことになる。

それとも何か大掛かりな詐欺にでもあったか。いや、騙《だま》す意味が見出《みいだ》せない。どう考えても誰かにメリットがある嘘ではないし、僕にデメリットがある嘘でもない。ならば、やはり僕の頭が狂ってしまったのか。

どうにも落ち着かなくなった。

僕は——まあ、あんまり自分が発狂してしまったという線で納得したくもなかったから、昔の記録やら、写真やら、そういうものを無意味に引っ張り出して、当てもなく調べてみた。

逐一出鱈目《でたらめ》な話ではあるのだが、それでも強《あな》ち何もかもが出鱈目とも思えないような気がしたからだ。

いや、御木さんの話自体はもう支離滅裂なのだけれど。でも、例えば久米田は、御木さんは蒲田のマンションで独り暮らしだったというような発言をしているのだ。久米田と会話した際、僕はその情報だけは予《あらかじ》め知っていたように思う。他の件に就いては初耳だったが、その部分だけは知っていたのだ。

でも、僕は御木さんが蒲田在住——亡くなっているなら過去形なのだが——だという情報を、知り得る境遇にはなかったのだ。十年以上没交渉だったのである。

知っていたとするなら、それはあの夜、御木さん本人から聞いたから、ということになるのだろう。

でも、実際は違うのではないか。そう思い込んでいるだけで、実は元から知っていたのではないか。もしかしたら葉書の一枚でも来ていたのではないか――そんな風に考えてみたのだ。何かを契機にして、そうした断片的な情報の積み重ねが幻覚めいた歪《ゆが》んだ記憶を生み出してしまったのではないか――と。

要するに僕は自分の不可解な体験に何らかの理由付けをしようと企《たくら》んだのだ。

もしかしたら、山崩れで死んだ中学生やら、死後も齢を重ねる幽霊やら、死人の顔をしたけだものやらという、整合性の取れない雑多なイメージも、それを形成するだけの元となるネタが何処かに仕舞われているのかもしれないと、まあそんなことも考えていた。

写真は整理してある。

ところが――どういう訳か御木さんが写った写真はなかった。一枚ぐらいはあった筈だと思っていたのだけれど、それは記憶違いのようだった。

あちこち引っ繰り返していると、同窓会名簿が見付かった。

載っている僕の住所は古いものだ。前の家である。つまり二十年ばかり前の名簿だ。

僕は御木さんの名前を捜したのだが、その名簿にはなかった。蒲田に住んでいる同窓生もいなかった。

そのうち、似顔絵が出て来た。クラス全員の顔が描いてある。描いてあるというよりも、描いたのは僕なのだった。久米田の似顔もある。あんまり変わっていない。でも。

何故だろう。

御木さんの顔は、描いていない。特徴的な濃い顔なのに。

更に、もっと古い名簿も発見した。

入学した時に配られたものだ。

そこにも。

御木という名はなかった。

そうなのか。

御木という人は、存在していないのだ。そんな人はクラスにはいなかったのだ。

ならば、久米田も狂っていることになる。久米田は存在しない人間の葬式のために山梨まで行ったことになる。

そして僕も狂っているのだ。僕は、存在しない男の幽霊に電話して、一緒に飯を喰ったことになるからだ。

存在しない男の幽霊が、存在しない妹の幽霊に怯《おび》えていたということになる。

馬鹿馬鹿しいことこの上ない。

でも――。

僕は思う。そういうことは、ままあるのだ。

体験していない過去だの、存在しない友人だの。そういう虚構がふと現実に混じって来ることは、あるだろう。僕は、見聞きしたから真実だと言い張る自信がない。記憶しているあらゆるものごとが事実だと断言することも出来ない。自分が知っている自分のことも、必ずしも本当とは思えない。嘘かもしれない。

もしかしたら。

今、見聞きしているこの現実らしきものこそ——。

嘘なのかもしれないのだし。

キイロ

もう四十年から前のこと。

僕はまだ中学生だった。それこそどうでもいいことだから明瞭《めいりょう》に覚えている訳ではないのだが、その記憶に登場するメンツを考えるに、多分中学二年の頃のこと——ということになると思う。二年のクラス替えで一緒になった友人が登場するからである。しかし、違うクラスだったから面識がなかったかというとその辺はどうも曖昧《あいまい》で、友人を通じて知り合っていたような気もするから、もしかしたら一年生の頃の記憶なのかもしれない。

夏前から、冬になるまでの出来ごとである。

僕の通っていた中学校は、山の上にあった。

山といっても勿論《もちろん》大した山ではない。

しかし、決して丘とは呼びたくない。山は山なのだ。学校の裏手は草深い谷で、家屋も少なくなる。学校を境にして一気に町とは呼べなくなってしまうのであった。そしてその先は本気の山なのだ。これは、まあそれなりに高い山だ。

その山を越せばまた町になるのだけれど、僕らの町とその山越しの町は断絶しているのだった。勿論、江戸時代ではない訳だから、断絶しているといっても行けないという訳ではなくて、道はちゃんと通じている。ただ、道路は山を迂回《うかい》しているのである。

僕の通っていた中学校は、つまり、僕の住んでいた町のどん詰まり——ということになる。

町から学校まで続く坂道は長い長い一本道で、しかも傾斜がかなり急だった。今の体力では、とても一気に登ることは出来ないだろう。

十代の若者でさえ、毎朝ひいひい言いながら登っていたのである。体育会系の生徒でも駆け登ることなどは不可能だった。従って遅刻しそうな者なんかは皆——諦《あきら》めた。校門を走って抜ける者などはひとりとしていなかった。

こういう坂は、下りも辛《つら》い。年寄りは下り坂の方が大変なのだが、それは若者だって同じだ。体調が悪ければ膝《ひざ》が笑う。流石《さすが》に転げ落ちる者はいなかったと思うが、転べばかなり大変なことになる。雪でも積もっていようものなら、ギャグ漫画のように滑落してしまうことは間違いない。

道は、一応舗装されてはいたのだけれども、それは一応で、ちゃんと舗装されていた訳ではない。歩道と車道の区別もないし、ただ雑に凸凹《でこぼこ》したアスファルトで塗り固められていただけだ。今の若い人には解り難《にく》いかもしれないが、昔はそういう雑な道がかなりあったのだ。

しかし、それが如何《いか》に難儀な道であろうとも、学校に到る道はそれしかないのだから仕方がないのだ。

別のルートはない。

いや、全くないのかといえばそれは嘘になる。

裏手の谷に降りる、という裏技があったのだ。

便宜上谷と言っているのだけれど、それは渓谷とか断崖《だんがい》とかいうような大層なものではない。学校のある山は大した山ではないのだから、谷も大した谷ではないのだ。流れる川も小川というか、溝《どぶ》のようなもので、そこに到る斜面も当然ながら大したものではない。

大したものではないが、まあ崖《がけ》は崖だ。坂ではない。傾斜は表の坂道などより遥《はる》かにキツい。もう、見た目は垂直だ。だから、道はない。

でも、道らしきものはある。

校庭を横切り崖の縁に立つと、僅《わず》かに露出した赤土の筋のようなものが、あることはある。滑るし、えらい角度だし、そもそも道ではないのだから、普通には歩けない。樹木に摑《つか》まりながら降りるしかない。

猿のようなものだ。

雨の日なんかは絶対に無理だ。それこそ足を滑らせれば落ちるし、落下したら怪我をする。

まあ、校庭から見下ろす限りは垂直に見えるのだが、実際は違う。切り立ったところでも精々四十五度程度で、全体的にはもうちょっと緩やかなのだと思うのだけれど、それだって相当に危ないだろう。それでも、長い歴史の中でチャレンジする馬鹿が何人もいて、その筋はそいつらがつけたものなのだ。

それはもう危険極まりない経路なのだけれども、それでもそこを通ることが禁止されていたという訳ではなかった。とはいえ、登下校の際はきちんと校門を通るようにというようなお達しは折に触れなされていた訳で——つまりは教師達も当然その崖の道のことは知っていて、かつ、ある程度問題視していたことも間違いないのだろう。ただ現在と違って学校側の管理体制も緩いものだったし、生徒のコンプライアンス意識もまた低かったのである。

だから黙認されていたのだ。

そんな訳で、一部の男子生徒はこっそりこの崖の道を使って下校していた。傾斜がキツいということは、短い距離で標高が下がるということになるからである。普通に坂道を下れば十五分かかるところがまあ五分もかからない。谷まで降りれば、後は小川沿いに町まで戻れば良いことになる。迂回することにはなるのだが、野っ原のようなところをうかうか歩けばいいだけだから、楽は楽だ。

それに、谷の方に住む生徒もいるにはいたのだ。連中にしてみれば、正門から出てぐるりと回って来るよりうんと近いということになる。

但《ただ》し、登校には使えない。降りるのは良いが、登るのはちょっと厳しかったのだと思う。草を掻《か》き分け樹に摑まって登校するのはどうか。制服も汚れてしまう。

僕は谷とは反対方向に住んでいた。

だから、そんな危ない道のことは知らなかった。

でも、何故《なぜ》か正門を通らずに帰る奴らがいるということは知っていて、でもまあそんなに興味は持っていなかったのだ。そもそも、そういうチャレンジャー的なことをする子供ではなかったのである。

小村《こむら》というクラスメイトがいた。

大柄で猿顔で、縮れ毛の、かなり強烈なキャラクターだった。小村はサッカーをやっていて、谷の方に住んでいた。

もう一人、辻沢《つじさわ》という色白で頭も顔も大きい男がいて、これも谷側に住んでいた。辻沢は身体が弱かったから部活もやっておらず、俗にいう帰宅部だった。

その辻沢の友達に沢口《さわぐち》という男がいる。

この沢口と僕は二年で同じクラスになり、卒業までとても親しくしていた。一年の時はまだ知り合っていなかったように思うのだが、辻沢を通じて多少の交流はあったような気もするのだ。その辺りが、この一件の時期を曖昧にしている要因である。

小村は、大柄な割にすばしこく、また谷側に住んでいたこともあって、崖の道を使って下校していた。

辻沢も崖の道を使った方が家には近いのだが、身体能力に自信がなかったのか、概《おおむ》ね正規のルートで下校していたと思う。まあ月に何度かは崖を下っていたようだった。

沢口は、方向的に崖の道を使うメリットはそんなになかった。先に述べたように、そこを降りたところで早く下界に到着するというだけのことで、ショートカットにはならないのである。

ところが。

夏になる前だったと思う。六月か、七月にはなっていなかった筈《はず》だ。

その三人が、どういう訳か毎日、揃って崖の道で下校するようになったのだ。

子供なのだから、大した理由はない。気分で習慣を変えたりもするし、飽きればやめたりする。崖の道ブームのようなものだろうと気にも懸《か》けていなかった。

ただ。

妙な会話を聞いた。

「何かお供えしたらどうだ」

「何をだよ。団子とかかよ」

「てか、供えたら何かいいことあンのかよバカ」

「あるだろ。だってお前」

——キンゴロウ様だぞ。

そして三人はゲラゲラ笑った。

「有《あ》り難《がた》いんだ」

「有り難いって。どんな望みも叶《かな》えてくれるって。ぜってえ」

「バカじゃないのか。脚もげてたじゃん」

「拝んだ者勝ちだって」

——何だ？

何だ何だ。えらく気になった。気になったが、話に割り込んでそれナニ何の話と尋《き》く程に、僕は厚顔無恥ではなかった。それで教えて貰《もら》えなかったりしたら、余計気になってしまう。というか悔しい。疎外感を覚える。

まあ、仲が悪かった訳ではないのだが、この場合明らかに三人はグループを形成しており、僕は部外者だったのだ。グループの三人はグループ内で秘密を共有している可能性があり、ならばそれは部外者が聞き出せるものではないだろう——と、僕は考えたのである。

どうせ大した秘密ではないのだろうが、大したことではないことをわざわざ秘密にするのが楽しいのである。そういう年頃なのである。僕だって他の友達とそういう秘密を持っていたし、それはもう隠すようなことではないくせに、多分第三者に尋かれても答えなかったと思う。

だから尋かなかった。

でも、一度気にすると耳聡《みみざと》くはなる。

「俺は願いが叶ったね」

「マジか。嘘だな」

「嘘じゃねー。昨日さ、すき焼き喰《く》いたいって頼んだらすき焼きだったんだって」

「嘘だな」

「嘘じゃねー。まだすき焼きの匂いするぞ。嗅《か》ぐか」

「やめろよう。くせえだけじゃん」

「そういえばさ、昨日拝んだ時、ぴくって動いた」

「それは嘘だな」

「まあ、嘘だ」

何なんだ。

何か信仰しているのかこいつら。

まあ、信仰しているとしても、ごっこには違いない。不真面目過ぎる。

僕の興味は益々《ますます》肥大した。

「もっと崇《あが》めなくちゃあいかんよ」

「あのさ、俺さ、親父のワンカップ酒くすねて来たぞ」

「まじーじゃん。それ没収されっぞ」

「いや飲まないって。供えるんだよ」

「そんなの言い訳にしかならねえじゃん。まじーって」

「平気だよ。校庭の隅に置いておいたから。帰りに回収して供える」

「供えてどうすんだよ」

「拝むんだよ」

「酒が効くかあ？」

「普通酒じゃね？　神様」

「キンゴロー様だって」

「てか何でキンゴローなんだよ」

「様付けろよ様。粗略に扱うと祟《たた》りがあンぞ」

「マジすか！」

「マジマジ。あれは祟るね。何しろキンゴロー様だから」

「祟られるとどうなるの？」

「まあ、死ぬな。ほぼ死ぬ」

「死にますかー」

三人はギャハギャハと笑った。

愈々以《いよいよもっ》て僕好みの展開だった。

でも、盛り上がっている処《ところ》に水を差すのもどうか。

僕は交じりたいのを堪《こら》えて、敢《あ》えて傍観者でいることに甘んじた。

二三週間、そうしたことは続いた。

夏休みも近付いたある日、僕は三人に交じって談笑していた。その時、キンゴローの話はすっかり忘れていた。何かが欲しいとか、小遣いが足りないとか、そういうくだらない話だったと思う。

「お願いしてみりゃいいじゃん」

「キンゴロー様にか！」

ああ――。

この機会を逃す手はない。

ソレ何だよと自然に尋いた。

「知らねえのかキンゴロー様。霊験《れいげん》あるんだぞ」

僕はぽかんとした。知らなかったからではない。というか知ってはいたのだ。ぽかんとしたのは別に隠している様子はなかったからだ。辻沢と小村は沢口の言葉を受けて死ぬほど笑った。

「そりゃ知らねーって。誰も知らねえし」

「知る訳ねえから。知ってたら怖いから」

「秘密なのか」

「秘密じゃねえし。無名なだけだし」

僕は――。

それ以上問い質《ただ》さず、一緒に笑った。

そんな風に受け流す程度のネタなのだ、これは。突っ込むとしらける。どうせ遊びなのだし、この場合はウケるかどうかの方が大事なのである。僕は知りもしないのに、それは有り難い有り難いと手を合わせ、それを見た三人はまた大いに笑った。

——大きな秘密ということでもないのだ。

そう諒解《りょうかい》した。

一学期の終業式近く。僕はいつも一緒に帰る友達に、部活の用があるから先に帰ってくれと嘘を吐《つ》いた。

僕は美術部だった。美術室の窓からは校庭が見える。

窓辺に立って、何かしているふりをしながら、校庭を見張った。やがて沢口と辻沢が校庭を横切って行くのが見えた。僕はそっと校舎を抜け出して、後を追った。

崖を降りるのだろう。僕は校庭の端まで行って、木陰から下を見た。

崖を下る時間は短い。のろのろ下ると却《かえ》って危ないのだ。だから速く降りざるを得ないのである。ならもう降り切っている頃だ。僕は崖を降りたことがないのだし、見失ってしまっては後を追えない。だが。

二人は、崖の中程にいた。

何かしているようだった。

笑い声も聞こえる。中程に何かが——あるのだ。

二三分留《とど》まって、二人は下に降りて行った。

僕は――崖を下った。

ちょっと怖くもあったのだが、まあそこは中学生である。無謀なのである。

樹の幹を摑み、慎重に脚を下ろす。赤土は滑る。

両脇には草やら蔓《つた》やらが繁茂《はんも》している。

上手《うま》い具合に樹木は確《しっか》り生《は》えていて、摑まっても安定感はある。数も多い。

思ったよりも降りるのは簡単だった。

中程にやや大きな樹があり、その前に小さな踊り場のようなものがあった。と、いっても精々五十センチ四方で、とても屯《たむろ》していられるような処ではない。だが、沢口と辻沢が留まっていたのは此処《ここ》に違いなかった。

樹には洞《うろ》があった。

僕は、その中を覗《のぞ》いた。

何かあった。

ゴミ――にしか見えなかった。

いや、ゴミだ。

それは、いわゆる消しゴム人形だった。

今もそう呼ぶ人はいるようだが、当時はガチャガチャとかガチャポンとか適当に呼ばれていた――要するにコインを入れてダイヤルを回すと丸いカプセルに入った安っぽいオモチャが出て来るカプセルトイの一種である。

後にキン肉《にく》マンの超人消しゴムなんかが流行し、それはキン消しなどと呼ばれるようになる訳だが、当時はまだキン肉マンは存在しない。浸透こそしなかったが、キン消しより前にゲゲゲの鬼太郎《きたろう》の妖怪《ようかい》人形もゲゲ消しなどと呼ばれた時期があった訳だが、それも八〇年代のことだから、まだ先である。

だからガチャガチャの消しゴム人形、なのである。

いや、消しゴムと呼ばれているが、消しゴムとしては使えない。消えない。消しゴムみたいな材質だというだけである。造形も今のようにきちんと精巧に出来てなんかいない。ＳＤ《スーパーデフォルメ》のつもりはないのだろうが、ＳＤになってしまっている。細かい細工は出来ないし、キャラクターによってはいったい何を模したのか判らないような出来の悪いものも多かった。

いずれにしても不細工な人形である。

それも、何だか判らなかった。知らないキャラなのか、出来が悪いのか、さっぱり何だか判らない。

黄色い。

しかも泥だらけである。そして。

右脚がなかった。

——これが。

キンゴローだ。間違いない。

この崖の途中に落ちていたものなのだろう。何だか判らないけれど妙に浮いていたので——いや、本当に何のキャラか判らないのだ——連中はこの洞に安置して、祀《まつ》ったのだ。いいや、祀る遊びをしていたのだ。

汚れたワンカップ酒も洞の横にあった。

益々間違いない。

——なる程な。

くだらない。そしてやや面白い。

僕はそこで、もしかしたらまだ学校に残っているだろう小村が降りて来るのではないかと思った。

だから確認だけしてさっさと崖を降りた。

それで、まあ僕はほぼ満足した訳である。

それ以上はもうどうしようもない。次にキンゴローの話題が出た時には、まあ知った顔で話に交じれるというものだ。それでいいだろう。僕が知っていたら三人は吃驚《びっくり》するだろう。

しかし。

夏休みになると、暇が手伝ったのか、僕の中の悪戯《いたずら》の虫が騒ぎ出した。

何かしてやろう、と思ったのである。

僕は半紙を小さく切って、墨痕《ぼっこん》鮮やかに金語楼大明神、と記した。

この場合、金五郎じゃないだろうと思った。柳家金語楼《やなぎやきんごろう》の通じる世代ではなかったのだが、その方が何だか笑えるように思ったのだ。で、神社のお札《ふだ》っぽく印のようなものを朱《しゅ》で書き込んだ。そういうものを作るのだけは異様に上手《うま》かったのである。僕は、次に祝儀袋から紅白の水引《みずひき》を抜いて、丁度良い長さに切り揃えた。

そして、学校に向かった。

当時のセキュリティは無茶苦茶甘かったから、夏休みの間でも校庭には入れた。流石に校舎には鍵《かぎ》が掛かっていたのだろうと思うけれども、関係ない。そんなことはどうでも良かった。僕は校庭を抜け、崖を伝い、キンゴロー様のある処まで降りた。

前に見た時のまま、それはあった。

僕はキンゴロー様を取り出し、泥や汚れを綺麗《きれい》に落とした。それでもそれは何の人形なのか判らなかった。

腹のところに金語楼大明神と記した半紙を当てて、水引で縛って留めた。綺麗に結ぶのは大変だったが、それなりの仕上がりになった。それから洞の中の枯れ草や土などを取り払って、キンゴロー様改め金語楼大明神を恭《うやうや》しく安置した。ワンカップ酒の蓋《ふた》を開けて中味を捨て、カップを洞の真ん前に置いた。

中々良い。

それだけして家に帰り、僕は北叟笑《ほくそえ》んだ。

でも、翌日には忘れてしまった。

いや、忘れたというより考えなかったというべきか。

一時的に暇だったとはいうものの夏休み中にはそれなりに色々なことがある訳で、そんな迂遠《うえん》な、しかも極端に狭い、しかもウケるかどうかも判らない自己満足的な冗談にかまけている暇はなかったのだ。正直言ってキンゴロープームは三人にしか訪れておらず、しかも休み明けまで持続するとは到底思えなかった訳で、僕のした細工は誰の目にも触れぬまま朽ちてしまうという可能性も少なからずあったのである。

新学期が始まる頃には完全に忘れていた。

思い出したのは、例の三人の会話を耳にした時である。

「ぜってーどっかの親爺《おやじ》だって。見っけて飲んだんだよ」

辻沢の声が聞こえた。

何のことやらと聞き流し、ハッとして僕は耳を欹《そばだ》てた。

「あんなとこ親爺が通るかよ馬鹿」

「通るかもしんないだろ」

通らねえと小村が言った。

「どうしてどっかの親爺が崖登って学校の校庭に行くんだよ」

「変態とかさ。学校侵入」

「誰もいねえじゃん。学校。休み中だって」

「じゃあ溢《こぼ》れたとか」

「倒れてなかったろ」

「蒸発したんだよ」

「誰が蓋開けたんだよ」

親爺でもいいよと沢口が言った。

「変な親爺だっているかもしれないからさ。ワンカップはいいんだよ。親爺でなくたって誰かが飲んだのかもしれないし、倒れて溢《こぼ》れたのを立て直したのかもしれないし、それはないことじゃねーし。でも、そのどっかの親爺はよ、何であれが」

キンゴローだって知ってんだよ。

――それは。

まあ、それは、犯人がどっかの親爺なんかではなく、僕だからである。

「そいつがしたんだろ、あれ」

「あれ、マジで金語楼っていうキャラだったんじゃね？」

「そんなキャラいねーし。何に出てんだよ」

「サワが名前付けたんだろ、キンゴロー」

「そうだけど」

ならさ――。

「ちょっと怖くね」

「かなり怖《こえ》ーから。ってか、ナニあれ」

ウケる前に怖がられたか。しかし、あれは俺がやったんじゃあ——と、おちゃらけて躍《ぼ》り込めるような雰囲気ではなかった。どうしたどうした何かあったのか——と素《す》っ恍《と》惚けて尋くのも、ちょっと白々しい。

まあ、別に大したことではないのだし。

何がある訳でもなかろう。寧《むし》ろ、より有り難くしてやったのだ。

微妙な気持ちにはなったのだが、瑣《さ》末《まつ》なことではあったから、まあそのまま遣《や》り過ごした。三人もいつまでも気にしている訳ではなさそうだったし。暫《しばら》く謎のままにしておいて、ほとぼりが冷めた頃に真相をバラすというのが、この場合は正しい気がした。

当面は、何もなかった。

というか、なくて当たり前である。

ただ、沢口、辻沢、小村の三人は、あの崖の道を使わなくなった。考えてみれば当然で、崖の途中の地べたに置いてある小汚いカップ酒を飲んでしまうような親爺が出没している可能性があるのであれば、まあ警戒した方が良いに決まっているのである。

そんな親爺はいないのだが。

そんな訳で、僕は再びそのことを忘れた。多分、三人も忘れていたんだと思う。僕も普通に接していた。正直、その件に就いて彼らと話をした覚えは全くない。それはないのだが、それ以外のことは話した。至極普通に、しかも以前より親しくなっていたように思う。

九月の終わり頃だったと思う。

妙な噂が立った。

崖の途中に、赤ん坊がいる、という。

言い出したのは誰か、全く判らない。

最初は上級生の女子が話していたことのようだ。まあ、そういう埒《らち》もない噂というのは、概ね出元は不明で、しかも尾鰭《おひれ》が付くものだ。

夕方近くまで校庭にいると――。

変な声が聞こえて来ることがあるという。

みゃあみゃあという猫のような声らしい。

何だろうと崖の下を覗いてみると。

赤ん坊のようなものが蠢《うごめ》いている。

それは。

黄色くて片脚がない。

アホ臭い学校の怪談だとまあ殆《ほとん》どの者は受け取っていたと思う。

ただ、そう思わなかった者が三人――いや、僕を含めれば四人いた。

黄色くて。

片足がないって。

それは。

「お前が言ったんだろ」

小村は沢口に言った。

「何を」

「だって何でそんな話になるんだよ。おかしいだろ」

「俺何にも言ってねーし。ツジじゃねーの」

「俺の訳ねーじゃん。サワだよサワ」

「言ってねーって」

言うかよそんなこと。

怖くなるじゃん。

勿論、僕が言いふらした訳でもない。忘れていたのだし。

「ってかさ、誰も言ってないとしてさ、それってやっぱ」

キンゴローだよな。

「暫くホっておいたから」

「祟りかよ！」

「今だって、様も付けてねーし。呼び捨てだし」

「ザケるなよ。んな訳ねーし。あれって」

だってよ。

「蔑《ないがし》ろにしたら祟るんだろ」

「だからそれはさ」

死ぬんじゃね？

いやいや。死なないでしょう。

というか、その黄色くて片足がないというのは――。

違う。

そうじゃない。慥《たし》かに、三人はあの崖を伝って降りるのを止《や》めた。でも、他にもあの崖を降りる者はいるのだ。

ならば、あの金語楼大明神に気がつく者もいることだろう。ただの汚れた消しゴムなら見過ごすかもしれないが――というかまず見過ごすのだろうが、今はお札っぽいものが水引で括《くく》ってあるのだし、綺麗にしたのだから黄色い身体は目立つだろうし。

普通、あんな処にそんなものはない。

見つけた奴が誰かに何か言って、それが歪曲《わいきょく》し増幅し変形し、やがて怪談として整えられて広がったのではないのか。

それ以外に考えようがない。

そのうち。

赤ん坊は育った。

十月に入ると、噂は日暮れになると黄色い片足の男が崖を登って来るという、奇怪な話に化けていた。

がさ。

がさ。

指のない黄色い手が樹木にかかり。

何だかカタマリっぽい、凹凸《おうとつ》の緩い黄色い顔が。

覗く。

黄色い男、という怪談が出来上がっていた。見た者は祟られて、病気になるか死ぬと謂《い》う。

誰かが盛って、聞いた奴も盛って、大盛りの話に化けてしまったのだ。

「まずくね」

「まずいというかさ」

「俺達、ヤバくね？　いいのかこれで」

何だか良くない気がした。

嘘に決まっているのだが。

もう、何もかも嘘なのだが。嘘が嘘で固められているのだが。

やがて。

小村が、見たと言い出した。

「俺さ――マズいわ。見たわ。キンゴロー――様」

「見たって、降りたのかよ」

「降りねえよ怖《こえ》えな。サッカーしてて遅くなったんだよ。そしたらあの下り口のとこからよ」

黄色いものが。

ヤメロようと辻沢が騒いだ。

「怖えよ。怖えよ。お前死ぬぜ」

「死ぬかなあ」

僕は、その日の放課後、こっそり小村に尋いた。

小村は笑って、

「嘘に決まってるじゃん。いるかそんなもん。いや、俺達さ、あの崖道の途中に落ちてた消しゴムをお祀りする遊びしてたんだよな。それがさ、黄色くて脚ねーの。祀るの止《や》めたら祟るぞとか言ってたんだって」

知っている。

でも知らないふりをした。

「そしたらこんな噂になってよ。だから俺、ツジを怖がらせようとしたんだって。あいつ顔でっかいくせにすげえ怖がるからよ。超ビビってたしさ」

小村は猿顔を歪《ゆが》めて、ゲタゲタ笑った。まあ、当事者がそんななのだから、僕が気にするようなことでもないのかもしれないと、そう思った。

その小村が——。

試合中に怪我をした。別に大きな事故があった訳ではなく、普通なら捻挫《ねんざ》程度で済むような軽い転倒だったそうなのだが、どこをどう捻《ひね》ったものか、小村の怪我は捻挫どころではなく、複雑骨折だった。

黄色い男が足を引っ張ったんだという噂になった。

小村が黄色男を目撃したという話はそれなりに広がっていたから——それは辻沢を騙《だま》すための嘘だった訳であるが——奇怪な噂は妙に信憑性《しんぴょうせい》を帯びてしまった。

小村が折った足は右脚だったのだが、それは黄色男のない方の脚と同じだ——というのである。

まあ、実際あの消しゴムも右脚がなかったのだが。

やがて。

辻沢が学校に来なくなった。

死んだ、という噂になった。

黄色男に攫《さら》われたとか、喰われたとか、無責任な作り話がそちこちで巻き起こった。

勿論、辻沢は死んではいなかった。

学校に来なくなったのは入院していたからである。

沢口の話に拠《よ》れば何でも肝臓を悪くしたのだそうで、退院後本人に尋いたところ、B型肝炎だったらしい。

辻沢が復帰したのは年が明けてからだったと思う。

結局、二学期いっぱい登校しなかったということになるのだろう。きちんとした理由は誰からもアナウンスされなかったから、死亡説はずっと流布《るふ》し続けた。事情を何となく知っている僕や沢口がいくら説明しても、あんまり信じては貰えなかった。

その秋、辻沢は少なくとも学校の中では死んでいた。

小村はひと月程で学校に来るようになったが、松葉杖《づえ》にギプス姿は痛ましかった。何だか妙な具合になってしまった。

そんな頃。

十一月後半くらいだったか。

沢口が僕のところにやって来た。

やって来た、というくらいだからやはりクラスが違っていたのかもしれない。

「ちょっと付き合ってくんないか」

沢口は半笑いでそう言った。

「随分前にちょっと話したと思うんだけど、あのさ、キンゴロー――話したよな？」

「まあ、詳しく聞いた訳じゃないけど」

詳しく知っているのだが、ちゃんと聞いてはいない。

「あれが黄色男の正体だと思うんだよ」

「は？　正体って？」

「いやいや。消しゴム人形なんだって。黄色の。脚がもげた。それを冗談で、御利益あるとかいってお祀りしてたらさー。ある日、何か――」

まあ、その辺は誰より詳しく知っている。

「ちょっと気味悪い感じがして、それで放っておいたんだけどな。それを見つけた誰かが、あの噂を広げたんじゃねーかと思う訳だ。でもって、三箇月くらい放置してんだけど、見て来ようかと思うんだけど付き合わねえか？」

それはいいが、何故僕に目を付けたのか。悪戯の犯人と知っていたというのか。

一瞬びくりとしたが、それは違うようだった。

僕がそういう胡散臭《うさんくさ》い噂を信じない性質《たち》だということを沢口は知っていたのだ。要するに怖がったりしない人選、ということである。まあ、小村、辻沢と、ある意味実害が出ている――ということになっている――訳で、みんな結構、内心では怖がっていたのである。

快諾した。

どうなっているのか知りたかったからである。時間も経っている。洞に入っているといっても雨曝《あまざら》しのようなものなのだし、どの程度傷《いた》んでいるものか興味もあった。

僕と沢口は、放課後あの崖を降りた。

冬場も近く、草なんかは結構枯れていた。

ここだよここだよと沢口は言った。例の場所である。

「あれ？」

「何だ。どうかなってるのか？」

「あれれれ？」

沢口は混乱している。

「何だよ。どうしたんだよ」

「穴がねえ」

「穴？」

僕は沢口の肩越しに覗いた。多分、あの樹である。同じ樹だと思う。

その樹には、洞がなかった。

沢口は口を尖《とが》らせて振り向くと、

「あのさ、樹の洞って自然に埋まるもんか？」

「埋まるって――そういうこともあるかもしれないけど、そんな」

三箇月程度で埋まるものだろうか。というか、土でも詰まっているのじゃないのか。

そうではなかった。ちゃんと樹皮で覆われている。幹は埋まっていた。

「あれえ？」

沢口は首を捻っている。

見れば、雨水が溜《た》まったワンカップはまだそこにあった。だから場所を間違えている訳ではない。

「どうなってるんだ？」

僕は沢口を押し退《の》けて前に出た。

観察する。穴なんか、最初からなかったとしか思えない。

でも。

僕は、地べたに千切《ちぎ》れた水引を一本発見した。

いや、これは。

慥《たし》かに、どういうことだろうか。沢口はそこで何故か笑って、

「まあ、嘘だこれ」

と言った。

「何もなかったんだわ最初から。そうだったそうだった。俺が嘘言ったんだ。そういうことだよ。嘘、嘘」

「そう言われてもなあ」

でも、ないものはない。僕だって嘘を吐《つ》いたようなものだ。小村も嘘を言った。噂を流した奴も嘘を吐いたのだろうし、話を盛った奴だって嘘を吐いたのだ。みんな少しずつ嘘を吐いて、嘘が固まって噂が涌《わ》いた。

でも。

嘘、嘘と言いながら、沢口は崖を降りて行った。

いや、待ってくれよ沢口。お前が嘘吐いたとなれば、だよ。

お前は事実を知ってるのだろうし。

その大本が嘘だとなればさ。

黄色男の方が本当ということになりゃしないかい。

「いや、そうなら早く降りなきゃ黄色男出るぜ」

そう言った沢口の顔は、まあマジだった気がする。

黄色男の噂は、年が明け、辻沢が退院して、小村のギプスが取れた頃にはすっかり収まった。別に誰も気にしていないようだったが、僕は釈然としなかった気がする。

すぐに忘れたけれど。

シノビ

ニンジャなんすよ、と寒川《さむかわ》さんは言った。

寒川さんは役者である。本人は、女優なのよと言う。

そうはいっても——こんな言い方をすると失礼なのだけれども——まあ、知っている人はあまりいないだろうと思う。

テレビや映画に出る訳ではないからだ。出たとしてもエキストラ、台詞《セリフ》があったとしても一言か二言というクチである。

実際、僕は映像での彼女を殆《ほとん》ど観た覚えがない。

出てるんですと言われて観たドラマも、注意して観ていたにも拘《かかわ》らず何処に出ていたのかまるで気付けず、エンドロールで辛《かろ》うじて名前だけ確認して、ああ番組を間違えたんじゃなかったんだと思ったくらいだ。

活躍の場は主に舞台だ。舞台といっても勿論《もちろん》大きな舞台ではない。小劇場、いや、劇場かどうかも怪しいイベントスペースのような処《ところ》でばかり、僕は寒川さんを観ている気がする。

そういう場所で興行を打つのは小劇団とかアングラ劇団とか——僕はその基準や線引きを知らないのだけれど——まあ、そんなふうに呼ばれる少人数の劇団であることが多いのだろうが、寒川さんはそういう劇団にさえ所属していない。そういう劇団は人数が少ないので、演目によっては役者が足りなくなったりする。そういう時に寒川さんに声が掛かるという次第である。あちこちの舞台に、引っ切りなしに出演はしているようだから、実力はあるのだと思う。

残念ながら主役はあまりないのだが。

寒川佐都未《さとみ》というのも、だから芸名なのだろう。本名は知らない。

十五年くらい前、知り合いの劇作家が僕の短編を舞台にしたいと言ってきた。

到底舞台化出来るような作品ではなかったから、逆に興味が涌《わ》いて承諾した。

十人に満たない小劇団で、どうしても俳優の数が足りず、客演として呼ばれたのが寒川さんだった。当時はまだ成人したばかりの新人で、どんな経緯で抜擢《ばってき》されたのかは知らない。まだ学生だったのかもしれない。

その後、縁があるのかないのか、そちこちで遭遇する。大体二年に一度くらいは目にする。もう疾《と》うに三十路《みそじ》を超えているのだろうが、見た目は変わらない。

明るくて、ゲタゲタと笑う。彼女を知る人は、概《おおむ》ね男前だと彼女を評する。

僕はそうした評価基準に性差を持ち出すことを好まないのだが、まあ、判らないでもない。

役者なのだから舞台の上では役柄を演じている訳で、寒川さんもまあ清楚《せいそ》な令嬢から妖艶《ようえん》な毒婦まで、果ては幼女やら老婆やらになり切っている。しかし一歩舞台を下りるともういけない。威勢の好《い》いお祭りのおじさんのようになる。バブルの頃にオヤジギャルという言葉があって、もう死語になって久しいのだけれど、ビールの飲みっぷりなどはまさにそれである。まあもっと古い言葉でいうなら鉄火肌《てっかはだ》とか、伝法《でんぼう》とかいうことになるのだろうけれど、たぶん今はそっちの方が通じない気がする。

ここ数年付き合いのある小さな劇団がある。僕の作品をヒントにした舞台を定期的にやっていて、またやるから観に来いというので千秋楽に行ってみたら、寒川さんが出ていた。座長の田所《たどころ》さんは僕と彼女が知り合いだということを知らなかったようで、結構吃驚《びっくり》していた。

客の入りは微妙だったのだけれど、ウケは良かったようで、打ち上げの後、座長と客演四五人で二次会に流れるというので、まあ付き合うことにしたのだ。

「だから忍者っすよ」

寒川さんは生ビールの泡を上唇にくっつけたまま、繰り返した。

「忍者って、これ？」

田所さんが両手で印《いん》を結ぶ恰好《かっこう》をした。

どろーん、などと言う。飛ぶんすかと、やはり客演の木俣《きまた》さんが言った。

「忍者で飛ぶのって、赤影《あかかげ》くらいじゃないか」

「いや、ドローンっていうからさ」

「そっちのドローンかい。違いまんがな」

「知ってまんがな。でも、赤影って飛びますか？　木の葉隠れとかじゃなくて？」

そりゃワタリじゃねえかと田所さんは言う。

いいや、それは伊賀《いが》の影丸《かげまる》だ。僕は訂正する。

「相変わらず細かいですね」

「細かくないでしょ。基礎でしょ基礎。それに、『ワタリ』は白土三平《しらとさんぺい》。『仮面《かめん》の忍者《にんじゃ》赤影』と『伊賀の影丸』は横山光輝《よこやまみつてる》。原作の赤影は飛ばない。空を飛ぶのはテレビの方だから。ってか、赤影が飛べるなら白影《しろかげ》が大凧《おおだこ》に乗って戦うことはないようにも思うけどもさ」

影丸って白土じゃなかったですかと九《きゅう》太朗《たろう》君が言う。

「それは『忍者武芸帳《にんじゃぶげいちょう》』の影丸ね。木の葉隠れはしないの。影一族を率いる不死身の忍者。別人」

「それは飛ばない？」

「飛ばないよ。中々死なないけど」

「飛ばないだろ。幾ら忍者でもさ。ウルトラマンじゃないんだから」

「いや、しかし、戦国時代に武田《たけだ》信玄《しんげん》や上杉謙信《うえすぎけんしん》に仕えたとされる加藤段蔵《かとうだんぞう》という忍者は、二つ名を飛び加藤といったくらいだから、まあ飛んだんだろう」

空をすか、という声と、敵味方じゃないすかという声が被《かぶ》る。

「忍者は誰にでも雇われるもんなんだって。織田《おだ》と通じて殺されたという言い伝えもあるし。それに飛ぶといってもだな、まあ跳躍するんだよ。やっぱり武田や真田《さなだ》に仕えた忍び名人の唐澤玄蕃《からさわげんば》という人も、飛び六法《ろっぽう》という別名を持っていて、やっぱり跳躍力が飛び抜けていたらしい」

「そっちすか。ぴょん、の方すか」

「鳥みたいに羽搏《はばた》くでもなく、弓矢や鉄砲の弾みたいにびゅーっと飛ぶのは、スーパーマンまで待たなくちゃなあ。後は、孫悟空《そんごくう》みたいに雲に乗るとか」

ノンちゃんだなと田所さんが言ったが、誰一人判らなかった。

じゃあドローンじゃないねと木俣さんは言う。

こだわっている。

「でもさ、猿飛佐助《さるとびさすけ》とか飛びませんかね」

「猿みたいに跳ぶんでしょ、ぴょんぴょんと」

「え？　そうかな。ぴゅーって飛んでませんか『真田丸《さなだまる》』とかで」

飛んでねえよと二三人が声を揃えて言う。

まあ、飛んでない。

「出てねえし」

「佐助って出てたじゃん」

「いや、あれは猿飛じゃないよ。真田十勇士は基本的に架空の集団だからさ。モデルになった人物はいたんだろうけど。三雲《みくも》佐助とか猿飛仁助《じんすけ》とか、それから下柘植《しもつげ》の木猿《きざる》とか、似たような名の人はいるけども、そもそも江戸期の軍記なんかに猿飛佐助は出て来ない。講談だよ。立川文庫《たつかわぶんこ》。そもそも十人組にしたのは立川文庫」

「創作なんだ。じゃあ飛行しますね。嘘だから」

「まあ東映《とうえい》ネオ時代劇の『真田幸村《ゆきむら》の謀略《ぼうりゃく》』だと佐助は宇宙人で、隕石《いんせき》に乗って飛んで来るけど」

宇宙じゃしょうがねえなあと木俣さんは笑う。

「で、何だっけ」

あたしっすよと寒川さんは言った。ジョッキを置いて手を挙げる。

「あたしが出元っす」

「そうだっけ。何で佐助なの」

「佐助じゃないすよ。忍者なんですって」

「だから何がさ」

忍者がいるんですよと寒川さんは言った。

「何処にさ」

「家《うち》にです」

「はあ？」

全員が顔を見合わせた。

「それ何、サムちゃん、忍者と同棲《どうせい》？　彼氏は忍びの者？」

別れたんすよと寒川さんは口を尖《とが》らせる。

「去年、男と別れて引っ越したんだ、って言ったじゃないすか。聞いてないんすかマタさん」

「いや、新彼がさ。こう黒装束にアミみたいの着て、覆面して、真っ直ぐな刀背負ってだな」

毒されているなあと言うと何がですかと尋《き》き返された。

「その恰好は、まあ白土横山以降じゃないかい」

「そうですか。まあ戦国時代とかに網タイツとかないすよね」

「あの網は鎖帷子《くさりかたびら》のつもりだから。ドラマとかだと重過ぎて着てられないからさ。漫画だと、まあただの網目だし。網タイツは――いつからなのか知らない。というか、忍び装束って本当はただの野良着だったと思うよ。黒くなかったみたいだし。覆面だって手拭《てぬぐ》いだよ」

「それじゃあ泥棒じゃないすか」

「そういうもんだって。でさ、僕としてはその、寒川さんの発言の続きを聞きたいんだがなあ」

発言続けていいすかと寒川さんは言う。

「彼氏とかいないす。男は当分いいです。前回は一年半保《も》ったからまだ続いた方なんすけど、長い方が疲労が多いし、別れる時も手間かかるし、正直面倒臭いすよ。で、今は心機一転、松戸《まつど》で独り暮らしすよ」

千葉《ちば》なんだーと九太朗君が妙に感心する。

「千葉すよ。しかも、一軒家すよ」

すげーとまた九太朗君が声に出す。

「アパートとかじゃないんすか」

ないんですねえと寒川さんは自慢げな顔をする。

「古くて狭くてボロくて便が悪くて周りに何もないですけど、一軒家なんすねー。古くて狭くてボロくて便が悪くて周りに何もないから、家賃も廉《やす》いんすよ。コンビニまで歩いて三十分」

いいのかそれと田所さんは首を傾げる。

「良かないすけど、廉いすから。広さは三倍値段は半額。木造平屋すけど、ちゃんと電気もガスも通ってますし。車も停められるし。電波届くし」

寒川さんはスマホを翳《かざ》す。

「水は井戸とか。谷川で汲《く》むとかか」

「出ますよ水道。景色の割にまずい水ですよ。朝とか錆《さび》が出るから、浄水器付けましたよ。そんな処で新生活ですよ。もう半年」

淋《さび》しかないかいと木俣さんが極端に品のない顔で言った。

「淋しくないですよ。偶《たま》に爺《じい》さんとか通るし。で、ですよ」

「何が忍者なんだ？」

「いる——と思うんですなあ」

「何が」

何度言わせますかと寒川さんは枝豆の皮を田所さんにぶつけた。

「忍者ですよ」

「うーむ」

どうしてもそこから話が先に進まない。

「これか」

田所さんはまた印を結ぶ。ドローンと言いそうだったので止《と》めた。

「そのさ、座長のそれって幻術使いとか妖術使いであって忍びじゃないよな、元々は」

「そうすかね」

「いや、大蝦蟇《がま》に化けるとか、それって本来は仙人とかでしょ。素破《すっぱ》や乱破《らっぱ》は変身しないし。まあ、児雷也《じらいや》なんかの影響もあるんだろうけども、何と言うかなあ、山田《やまだ》風太郎《ふうたろう》とかもある意味で悪い影響を与えてるのかもしれないなあ。風太郎忍法帖《ちょう》の忍法は、何でもありだからなあ」

特異体質やら物理法則に逆らうやら、忍者というより、殆ど妖怪だ。

「つうか、忍法じゃなくて、忍術なんだよね、元は。忍者じゃなくて忍術使い。主にするのは諜報《ちょうほう》活動なんだし、工作員だよね。だからその、オカルト的な味付けは、まあその味付けなのであってだね」

何が言いたいんですかと木俣さんが問う。

「いやあ、その、忍者が実在するとして、さ。それはまあ、化けたり飛んだりはしないし、消えたりもしないということが言いたい訳。いたとしたってすばしこい嘘吐きのオヤジというだけだからさ」

どろーんと消えはしない。ドローンのように飛びもしない。

「マジカルタートルくんはいない、と」

「それって混じってないですか？　思うにそれは『ミュータント・ニンジャ・タートルズ』でしょうに。『まじかる☆タルるートくん』はまったく関係ないです木俣さん。というか、だから」

「まあ、言いたいことは判ります」

寒川さんは真顔になる。

「別に、化けガマが出たとか、空飛んだとか、そういうことはないですし。何でしたっけ、葉っぱで隠れるとかそういうことでもないですから。主に、まあ天井裏ですよ天井裏。あるんですよ天井裏。うちは」

「天井裏、最近ないもんな。床下とか縁の下もないいし」

「そういえば潜むとこないよなあ。隠密《おんみつ》とかもなあ。マンションとかだとなあ。難儀だなあ」

「あるんです、うちは」

寒川さんは威張った。

「忍者が潜む場所がちゃんとあるんですねえ、大昔に造られた一軒家には。ソーラーパネルも床暖もないすけど、隙間だけは有り余るほどあるんすよ。因《ちな》みに、縁の下もあります。でも、まあ概ねは」

上を指差す。

「天井裏ですよ」

「いや、待ってくれ。別に話の腰を折りたい訳じゃない。僕は寧《むし》ろ、この人達と違って円滑に話を先に進めて貰《もら》いたいと強く願っているんだけども——それでもだな、いちいち引っ掛かってしまうんだ。天井裏に何がいるんだい？」

しつこいすねえと寒川さんは言う。

「だから忍者ですよ」

「そこなんだよな。なぜ忍者なのさ」

「だって泥棒とかならいても一日でしょう。もうずっと、何箇月もすからね」

「忍者だって何箇月も天井裏にいないでしょうに。棲《す》んでるのか。というか、そもそも忍者はいないから」

いるんですよと寒川さんは言い張る。

「そういう、何ですか、ドロンドロンとかいうのじゃなくて、要するに、忍者って身軽だったりするだけの、普通の人な訳でしょう？　妖怪とかと違って人っすよね？　軽業《かるわざ》師《し》的な。ジャパンアクションクラブ的な。なら別にいたって変じゃないですよね？　人間だもの。あたし変なこと言ってます？」

「変——だと思うけど、どうですかね」

田所さんは僕に振る。

「要するに、天井裏に何かいるような気がする、と寒川さんは言いたい訳ですね」

「いや、気がするんでなくて、います」

「音がする？」

しますねえぎしぎしと寒川さんは言う。

「忍者、音立てなくないか？」

「家が老朽化してるんすよ。廊下とか鶯《うぐいすば》張りすよ」

古家は鳴るねえキュッキュとねえと木俣さんが愉《たの》しそうに言う。

「でもさ、そんな古いと危ねえんじゃん？　屋根裏にいたりしたら天井とか破っちゃうんじゃね？」

破ったんすよと寒川さんは言う。

「忍者がかい」

「あたしがですよ。一度上ってみたっすよ。天井裏。すげえ離れた隣の農家から梯子《はしご》借りて来て。端っこの板外して、上った途端にズボですよ、ズボ」

寒川さんは身体を斜めに沈ませる。どうやら右足で天井の板を踏み抜いたらしい。

「危ねえ危ねえ。メリメリですよ。まだ穴開いてますよ。穴つうか、天井の綻《ほころ》びですかね。マンガみたいな穴じゃないですよ。へっこんだというか出っ張ったというか、打ち抜いてはいないすからね。あたしはこう見えてもそんなに重くないすよ？」

田所さんは寒川さんの身体を睨《ね》め回す。

「何すか。やらしいすね」

「意外と重くね？」

寒川さんは田所さんの艶《つや》のある額を叩《たた》いた。

「座長よりうんと軽いすから。約半分ですよ。そのあたしが、ズボですよ」

「じゃあ忍者もズボじゃねえの？」

「だからこそ忍者だって言ってるんすよ。普通の人間ならズボですよ。座長とかなら打ち抜きで即落下ですよ。でも忍者だからぎしぎしで済むんじゃないすか。忍者でなかったら歩けないすよ」

忍者でも歩けないのではないか。体重が軽くなる術などはない。

そう言うと、梁《はり》的なとこを歩くんですよと寒川さんは言う。落ちないポイントが判るんですよ忍者は、と。

「忍者すからね」

「サムちゃんさ、なら、ほら、槍《やり》とか持って、曲者《くせもの》ッ——的なよ」

木俣さんは下から突き上げるジェスチャーをした。

九太朗君がやられたあ、と言った。

「そしたらほら、畳に血がぽたぽた」

「槍持ってねえす」

「物干し竿《ざお》とかよ」

竿もねえっすねと寒川さんは腕を組む。

「竿だと刺さらないしな」

「そんなボロ天井なら突き抜けねえか？」

「突き抜けたって打撲すよ打撲。打撲じゃ遁《に》げますよ忍者は」

「思いきりやりゃ刺さるって」

「でも刺さったら死んじゃうじゃないすか。殺人はヤですよ」

「というかですね、あなた達ね、ちょっと整理しましょう。まず、天井裏で物音がすると、こういうことですね？　それは本当に跫《あしおと》ですか？　家が軋《きし》んでるとかそういうものではなく？」

「跫ですよ。それは間違いないですよ。移動しますしね」

寒川さんは天井を指差し、ゆっくりと指を動かした。

「みし、みし、みし、的な。そういう、パキパキ家が鳴るのって、木材の乾燥とか、歪《ゆが》みとかが原因なんじゃないんすか。ピシ、とか。そういう音って、移動します？」

それは何とも言えない。

移動すんなら動物でしょうと九太朗君が言う。

「人かどうか判らないですよ。天井裏といえばまずは動物じゃないですか？」

「そうだなあ。昔は、まあ鼠《ねずみ》がいたりしたけどなあ。最早《もはや》、鼠は昭和の香りだな。鼠って、今は繁華街とかの方が多いんじゃないの？　居場所がないもんなあ住宅。でも、そうか。あるのか居場所」

「あるんですけど、鼠じゃないですって。鼠って、跫とかしないでしょ。小さいし。いやいや、あたし鼠見たことないわ。ハムスターみたいなんすよね？　なら絶対違いますわ。そんな、トットコトットコいう音じゃないですもん」

「じゃあ犬とか猫とかじゃないの？」

「犬はなあ。上がらないだろお前。それに野良犬は激減してるぞ。猫ならあるか」

「猫ならにゃあにゃあ言うでしょ。いや、もっと重いですって」

「白鼻心《はくびしん》とか。洗熊《あらいぐま》とか」

千葉にいるんすかと九太朗君が尋く。

何処にでもいるだろう今はと田所さんが答える。

「いやあ——違うっすね。四つ足じゃないんすよ」

「二足歩行なの？」

「そういう音なんですって。いや、懐中電燈《でんとう》持ってもう一度上ってみたんすよ、あたしは。折角梯子借りて来たんだし。まあ、ズボでもって一度懲りてますから、顔だけ出して照らしたんすよね。そしたら」

「そしたら？」

足跡すよと寒川さんは言った。

「何の。人の？」

「人ですよ。こう、足袋《たび》っぽい足跡すよ。地下足袋つうか——まあ足袋ですよ」

寒川さんは掌《てのひら》を見せた。

指を揃えて、親指だけ離している。まあ、足袋はそういうものである。でも、手と足では形が違うからか、寒川さんはすぐに人差指を親指にくっ着けた。その方がまあ、印象は近い。

「何か、こう、埃溜《ほこりた》まってるとこに足跡ですよ。板じゃなく、太めの木のとこ」

それは忍者だなあと木俣さんが納得した。

「でもよ、何の秘密を探っているんだ忍者。サムちゃんさ、大坂城《おおさかじょう》の抜け道の絵図面とか、紀州藩《きしゅうはん》の密書とか、果心居士《かしんこじ》秘伝の巻物とか持ってねえか？」

寒川さんはぷるぷると顔を左右に振った。

「巻物って、カッパ巻きすらないすよ。恵方《えほう》巻きも喰《く》いませんでした」

「でもさ、忍者は何もないとこには来ないぞ。あれは何か探りに来るんだから。前に住んでた人が何か隠してるんじゃないの？　財宝の地図とか、幕府が転覆するような書状とか」

幕府はもうないすよと九太朗君が野暮なことを言う。木俣さんはるせーと言った。

「じゃあ政府でいいよ。何かあるんじゃね？　賄賂《わいろ》の受領書とか」

「ないでしょう。前に住んでた人ったって、もう十年くらい空き家だったんすよ、我が家。何かあるなら空き家のうちに捜しに来ません？　捜し放題じゃないすか」

「十年も空き家だったの？」

「そうみたいすよ。持ち主が死んで、なんつーんですか、競売《けいばい》とかにかけられて、どっかの誰かが買って不動産屋に転売して、それでまあ、貸家になったみたいすからね。潰《つぶ》してアパートとか建てるにも、立地が悪いんすよね。何にもないすから」

「持ち主、死んだの？」

「死んだみたいすよ。まあ、年寄りだったみたいですから、死にますよね。身寄りもなかったみたいす」

「そうなんだ」

「ってさ」

床下にもいるのかいと木俣さんが問う。

「いますよ。偶に。こう、こそこそッ、かさかさッて動きますね。で」

「で？」

何か呪文《じゅもん》を唱えますよと寒川さんは言った。

「呪文？　何それ。あれか、エロイムエッサイムとかか？　古いか。エコエコアザラクとか？　あんま変わらねえか古さ。マハリクマハリタとか。テクマクマヤコンとか。より古くなったか？」

「そういう洋風のじゃなくて、ですから忍者臭い呪文ですよ。なんとかかんとかーみたいな」

全然判らねえと劇団員達は声を揃えて言った。

「忍者臭いって何だよ。なんとかハラミッタみたいなのか」

「それじゃ焼き肉みたいすよ。真言とかじゃないんすか」

そっち方面は得意でしょうと木俣さんは僕に振る。

「まあねえ。忍者は修験道とも深く関わっていて、修験は陰陽《おんみょう》道《どう》やら真言密教とも繋《つな》がっているから、わりとマントラ唱える忍者はいるんだけども、それもまあ多くは創作なんだけどもさ——つうか、だから忍者は創作なんだよ。忍者の元はちゃんといるんだけど、妖怪とおんなじで、隠されていた本体が消えちゃって、周辺情報だけが残ってだね、空洞化した本体部分にその、まあ周辺情報から創作された架空のキャラが嵌《は》まってる訳ね。だから、周辺情報は本当なんだけど、中心は嘘なのよ。嘘」

「嘘すか」

「だから、鎖帷子に黒装束で、呪文唱えて消えたり変身したりする忍者は嘘だって。でも、本物もマントラくらいは唱えたかもしれないよ。そういう文献もあるし」

マントラってなんすかと寒川さんは尋いた。

「まあ、お経みたいなものだよ。お経じゃないんだけど。オンコロコロセンダリマトウギソワカ、とか、アビラウンケンソワカ、とか、ノウマクサマンダバサラダンカン、とか、そういう——こりゃ今、適当に選んだんだけどもさ」

「そういうのです。ソワカ的な。ごにょごにょはっきり聞こえませんけど」

「最初のは薬師如来《やくしにょらい》の小咒《しょうじゅ》、次のは大日如来《だいにちにょらい》の真言の一部、最後は不動明王《ふどうみょうおう》の小咒だけど」

「ころころが近いかも」

どういう意味なんですかと田所さんが問う。

お経って意味あんのかよと木俣さんが眼を剝《む》いた。

「意味はありますけどね。まあ、ざっくり言うと、悪いモノを出来るだけ早く取り除いてくださいな——みたいな意味かなあ。勿論、その、まあ薬師如来を感得し帰依するということなんだけども」

「悪いモノすか」

「病気とか、貧乏とか、まあ現世利益的にはそうなるかなあ」

「忍者が床下で病気治してくれと祈るの？　そら変だわ」

「でも、言いそうじゃないすか」

まあ、そうなのだ。言いそうなのだ。

でも、少し変なのだ。

そういうものなのだ。忍者は。

とはいうものの。

それは、何だろう。笑って聞くような話なのだろうか。

「寒川さん、それだけなんですか。要するに、音、気配、それだけ？」

「何度か見かけましたよ。ささって遁げる後ろ姿とか。街燈も何もないすから、真っ暗でよく見えませんでしたけど、あと——」

「サムちゃんさ、それ怖いよ」

ずっと黙って聞いていた、やはり客演女優の大野木《おおのぎ》さんが発言した。

「怖い——すかね」

「怖いって。だって忍者なんかいないでしょうに。それってさ、秘密を探ってるんじゃなくて、サムちゃんを監視してるってことじゃないの？　それ、ストーカーとか変態とか、そういうもんでしょうよ。いるなら」

「いる——けど」

「じゃあ絶対そうじゃん。天井裏とか床下から見てる訳でしょ？　潜んで」

「うー」

山田風太郎が江戸川乱歩《えどがわらんぽ》になったなあと木俣さんが言った。

「『屋根裏《やねうら》の散歩者《さんぽしゃ》』とか『人間椅子《にんげんいす》』とかの世界じゃのう。変態じゃ変態」

「いや、覗《のぞ》いてるだけなら良いですよ」

良くねえすよ大野木さんと九太朗君が言う。

「まあ良くないけどー。でもさ、そんなの、絶対まずいでしょ。人気《ひとけ》のない一軒家に独り暮らししてる女の子を、誰かがずっと覗いてるって話なんだよ？　毎日覗いてるんだよ？　そんなの超弩級《ちょうどきゅう》の性犯罪者じゃない？　お風呂《ふろ》とかトイレとかも覗いてるんじゃないの？」

「あー。それ考えてなかったわ」

「あんたさ、無防備過ぎるでしょぃいくら何でも。もしか欲情して天井から降りてくるかもでしょ」

辛抱堪《たま》らんということはあると木俣さんは言う。

「覗きでしか感じないという特殊な奴もいるけど、覗きだけでは満足出来ない奴が圧倒的に多いな。ムラムラが臨界に達《しか》すると、まあ爆発するね。どーんと」

ほらね、と大野木さんは顔を顰《しか》める。

「いつ襲われるか判ったもんじゃないじゃん。隣の農家、遠いんでしょ？　警察すぐ来る？」

「警察呼んだことないから判らんす」

「助けてーって叫んだら誰か来る？」

「うーん。来るというより、叫んだら何か近くにいる獣とかが遁げる感じすかね、吃驚《びっくり》して。まあ、誰にも何も聞こえないすよ」

「じゃあより一層ヤバいじゃん。いるんでしょ？　家の中に。人」

「いますよ。それは間違いないすよ」

「さっきからそうやって断言するけどさ。音と気配と、あとは遁げた後ろ姿だけ——それもよく見えなかったんだろ。ならやっぱ思い過ごしじゃねえの？　サムちゃん思い込み激しいし」

田所さんもやや真面目に受け止めたらしい。

でも寒川さんは天井裏や床下に潜む何者かの存在を疑ってはいないようだった。

「思い込みじゃないですって。いるんすから実際に。いや、だって、そうすよ。家の中でも見てるんですよあたし。一回——いや、二回かな」

天井から。

逆様にぶら下がってたんですね。

「ぶらーって」

「誰が。忍者か。変態？」

「真っ黒い人ですよ。台所の天井から」

「はあ？」

黒く見えましたねえと寒川さんは言った。

「まあ、そういうことが出来るのは普通の人じゃないですよね。でもアニメとかだとあるじゃないすか。逆さ。普通は逆さになりませんよ？　蝙蝠《こうもり》じゃないんだし。性犯罪者は逆様にぶら下がりますか？　下がりませんよ。だから」

いや、誰だってあまり逆さにはならないけども。

だから忍者すよと寒川さんは繰り返す。

いや。

それは。

黒かったのと尋いた。

「真っ黒すよ。忍者って黒いじゃないすか」

「顔は？」

「うーん、黒かったすね」

慥《たし》かに、黒装束が浸透した段階で、露出した顔にも煤《すす》を塗って真っ黒けになった忍者スタイルというのも登場している。ただ、身許《みもと》を隠すために顔を黒く塗るようなことはあったとしても、実際の忍者装束は藍《あい》色か柿色だったようだ。黒の場合、当時なら墨染《すみぞ》めということになるのだろうが、合成染料と違って、墨染めは所謂《いわゆる》真っ黒という程に黒くもないし、何より高価なのである。また、真っ黒より暗褐色の方が迷彩服としての効果は高かったようである。真っ黒の方が目立つのだ。

だから、全身真っ黒というのは。

それは。

人じゃないのじゃないか。

「それは――どうしたの？　というかどうなったの？」

「いや、こう、すーっと上がって行きましたけど。吊《つ》り上げられるみたいに。そんな器用なストーカーはいないでしょうに」

寒川さんは豪快に笑った。

そんなストーカーはいないが、そんな忍者もいない。それはやはり、人間じゃない。

その昔、幽霊は逆様になって出たという。逆様は古式床しき幽霊記号なのだ。

それに、やはりその昔幽霊は黒かったりもしたのだ。影のような幽霊画も少なからずある。

それは――。

でも、誰も指摘をしなかったので僕は黙っていた。

別に、無理矢理心霊方面に話を持って行きたい訳じゃない。

というか、そもそもその手の話を嘘だ見間違いだと却下するのが僕の平時のスタンスなのだ。

とにかく警察には相談しろと田所さんが言って、怖い時は喚《よ》んでねすぐに行くぜえと木俣さんが言って、その場はお開きになった。

僕は。

気になったので、その後少し調べてみた。

不動産関係の友人を介して、寒川さんの借りている家の来歴を調べたのだ。最近は個人情報保護の観念が徹底しているから簡単には調べられなかったのだけれど、それらしい物件に纏《まつわ》る事件はすぐに見つかった。

千葉で独り暮らしの老人が死んでいたという、まあ事件かどうかも怪しい話ではあったのだけれど、十年前に起きているということ、松戸の外れにある周りに何もない一軒家で起きているということから、何となくあたりを付けて調べてみたところ、どうやら正解のようだった。

死んだのは大垣徳次郎《おおがきとくじろう》さんという人で、享年七十五。

発見された時、死後三箇月は経過していたそうである。死因は日本刀のような刃物による自殺。台所で頸動脈《けいどうみゃく》を切って死んでいたのだという。

ただ、凶器はなかった。凶器がないのに自殺というのは妙な話ではあるのだが、どうも凶器は徳次郎さんの死後、何者かによって持ち去られたと警察は判断したらしい。

つまり、自殺した後に泥棒が入った、ということのようである。

徳次郎さんの家財の中で、日本刀が一番高価なものだったのだ。因みに徳次郎さんが所持していた日本刀はちゃんと登録されたものだったようだ。先祖伝来の品で、登録証の名義も徳次郎さんに変更されていたらしい。

その日本刀が失くなっていること、屋内が荒らされ、家財の一部も失くなっているらしいこと、侵入者の足跡が残っていたこと――因みに足跡は完全に乾いた血の上に残っていたらしい――から、泥棒という判断が下された、という経緯のようだ。

警察には強盗が殺害したのではないという確証があったのだろう。泥棒は死後一箇月ほど経過してから侵入したというのが警察の見解であった。徳次郎さんには親族がおらず、親しくしていた人もいなかったらしい。家の立地条件を考えれば発見が遅れたのも仕方がないだろう。

ただ、不思議なこともある。

徳次郎さんには妻子があったようだし、父親もいたようなのである。

ところが妻も、子供も、父親も、死亡届が一切出されていないのだそうである。すわ年金の不正受給かと思いきや、徳次郎さんはどうやら自分の分の年金さえも受け取っていない、というのである。一時期は民生委員や市役所の担当者なんかが何度も訪れて事情を聞こうとしたようだが、不在が多く、いてもけんもほろろに追い返されて、まったく取り合ってくれなかったらしい。

妙な話である。

徳次郎さんの死亡時――生きていたなら――妻は七十一歳、息子は五十歳、父親は九十六歳だそうだ。父親はともかく、息子さんはまだ若い。生きていたとするなら今は六十歳。まだ死ぬような齢《とし》でもない。

徳次郎さんの家族達は行方不明という扱いになったらしい。今も行方不明のままなのだろう。

微妙な話だ。

祟《たた》りとか怨《うら》みとか、そういうものが捻《ひね》り出せる話ではない。でも、何となく不吉だ。

その、徳次郎さんの家に寒川さんは住んでいる訳だ。

いや——。

住んでいた、と言うべきだろうか。

その話を聞いた半年くらい後のこと。僕は田所さんから電話を貰った。次の公演に来て下さいというような話だったのだが、途中から寒川さんの話になった。

——連絡つかないんですわ。

田所さんはそう言った。

——携帯も繋がらないし、誰も消息知らないし。実家にも帰ってないんすよ。

寒川さんの実家は奈良《なら》県で、寿司《すし》屋か何かをしているらしい。あまり弱音を吐かない寒川さんが、前回の公演の際に後五年やって芽が出なかったら戻って家業を手伝うというようなことを漏らしたのだそうで、田所さんはそれを聞いた時、そうなったら寿司喰いに行くよと言って、住所を聞いたのだそうである。

——まったく連絡がないと言ってました。心配ですよね？

それは勿論、心配だ。

二次会で大野木さんが言っていたように、もし本当に侵入者がいたのならそれは危険だ。絶対に忍者なんかではない。そして、もし何かがあったのだとしても――あまり考えたくはないのだが、もしも寒川さんが殺されたりしていたならば――徳次郎さんと同じように発見は遅れるだろう。いや、そんな最悪の事態でなかったとしても、何らかの良くない出来ごとが起きて、自ら連絡を絶っているということもあるかもしれない。乱暴されて人間不信になってしまうとか、まあ良くない想像は幾らでも出来る。

――二三日中に行ってみようと思うんですよ。

そう、田所さんは言った。

行ったら必ず連絡をくださいと伝えた。

不吉な想像を巡らせていてもしょうがないから、僕は連絡を待つことにした。

一週間くらい経って、また田所さんから電話が来た。

――いないんですよサムちゃん。留守。ただ、鍵《かぎ》も掛かってないんですよね。で、悪いとは思ったんだけど心配だったもんですから、家に入ってみたんですわ。

否応《いやおう》なしに悪い予感が襲う。

でも、そんなテレビドラマみたいなことはない、とも思う。

――結論から言いますとね、別に変わった様子はなかったです。誰もいないだけ。でも、引っ越した様子はなくてですね、要するにただの留守ですよ。

僕はほっとした。したのだが、不吉な予感は消えなかった。

——もしかしたらコンビニにでも行ってるのかと思って、そうですねえ、三四十分は待ってみたんですけど、帰って来ませんでした。で、まあ梯子を借りたとかいう近所の農家、そこにも行ってみたんですけどね、まったく知らないと。ほぼ没交渉だったようで。で、もう一度戻ってですね、家の中観察してみたんですけど、埃の溜まり具合とか見ますとね、どうも。

何箇月も帰ってないみたいなんですわ。

ならば失踪《しっそう》、ということになるか。

——いや、血糊《ちのり》が残ってたとか、部屋が荒らされていたとか、そういうことは全くないですから、家で何かあったとは思えないんですけどね。整然としてましたから。ただですね。

ただ。

——台所の床にですね。

徳次郎さんが死んで、逆様の黒いものがぶら下がった場所だ。

——十字手裏剣が突き立ってました。

田所さんはそう言った。

それは、まあ正直、嘘であって欲しいと僕は思うのだが。

ムエン

父方の祖父は養子で、母は養女だから、戸籍の上では関わりがないのに血縁はあるという、何やらややこしい関係の人達が僕には沢山《たくさん》いるのである。それに加えて、母の養母——母方の祖母は六人姉妹で、それぞれが嫁いでいるから、母には血縁もなく姓も違う従兄弟《いとこ》が大勢いて、その子供達——僕にとっては再従兄弟《またいとこ》に当たる親類というのも大勢いるのだ。

言うなれば生物学上の親類と法的な親類であり、それがぞろぞろいるということになる訳だけれど、そういう人が大勢いるにも拘《かかわ》らず、同姓の親戚《しんせき》というのはいないのだった。

皆、姓が違うのである。

だから、一時期は甚《はなは》だしく混乱したものだ。

慶事弔事などがあると一堂に会したりもしたのだが、家族ごとに姓が違っているから他人には関係性が見え難《にく》い。

のみならず説明も難しい。

まあ、僕の親の代ぐらいまではそれぞれと親戚付き合いもしていたのだけれど、僕が上京して後《のち》は地縁も薄れ、見知った老人達も大半は鬼籍に入ってしまい、その子供も老い、更にその子や孫となると既《すで》にどういう関係なのかも判らなくなってしまっているから、今はもう疎遠になっている。

そういうこともあって、子供の時分には随分と可愛がって貰《もら》った親戚のお婆さんなんかも、何処に葬られているのかよく判らなかったりする。

墓所がバラバラなのである。

そんな事情もあって、僕は先祖や縁者の墓参りをしたことがない。

母方の祖父というのは僕が生まれる前に亡くなっている。どういう事情があるのかは知らないけれど、縁が切れているようで、写真一枚残っていない。だから僕はその人の名すら知らないし、命日も知らない。

そういう訳で、母方の祖母は祖母の実家の墓に入っている。曾祖父《そうそふ》だの曾祖母だのには勿論《もちろん》会ったこともないし、その墓に入っている人は祖母以外凡《すべ》て知らない人である。

納骨の時を含めて何度か参ったが、遠方ということもあり、成人してからは参っていない。祖母の実家も幾度か代替わりしていて既に付き合いはなく、そこはその家の墓なのであって、うちの墓ではないのだ。所詮《しょせん》は他家の墓なのである。今や、寺の名や在所の記憶も不確かである。

父方の祖父は養子だった所為《せい》か、養父の家の墓には入らなかった。

墓を建てたのは僕で、父方の祖母も、父もその墓に入っている。と、いうかその墓にはその三人しか入っていない。自分で建てたのだから場所も判っている。それでも、墓参りはあまりしない。

遠いのだ。

親の墓にさえ参らない不埒者《ふらちもの》なのだから、何処にあるのかも知らない親類の墓など行く訳がない。

寺だの墓場だのが好きで、何かといえば寺社巡りだの墓地巡りだのに出掛けるし、旅先でそうしたものがあれば必ず寄る。半日墓場をうろついていても厭《あ》きない。苔生《こけむ》した古い石塔なんかがあると、何時間でも眺めていられる。宗旨も何も関係ない。供養でそうするのではない。信心は関係ない。僕は無類の墓好きなのだ。それに就いてはよく指摘されるし、自覚もある。

それなのに、墓参《ぼさん》は殆《ほとん》どしたことがないのである。

我ながらどうかと思わぬでもないのだけれど、もう半世紀もそうして生きてきたのだから、今更どうしようもないように思う。親の墓くらいには参るべきなのかもしれないとは思うのだが、一方先祖代々の墓となると、もう本当に何が何だか判らない訳で、その気になったところで参りようがないのである。

ある日。

奇妙な手紙が届いた。

仕事の関係上、郵便物は毎日ごまんと届く。招待状やら礼状やら事務的な連絡も多いし、勧誘だの斡旋《あっせん》だの紹介だの告知だのといったダイレクトメールも少なくない。プライヴェートのほうも大差はない。まあ、どこかでリストのようなものが売り買いされているのだろうから、これは仕方がないことなのだろう。

ただ、ファンレターが直接届くことはまずない。そういうものは出版社か、オフィスに届く。読者が僕の住所を知っている筈《はず》もないのだから、これは当たり前である。だから封書であれ葉書であれ、家に直接届く私信は、概《おおむ》ね直接面識のある人からのものだけである。

その手紙は手書きで、しかもペンネームではなく、僕の本名に宛てたものだった。

差出人は城崎忠男となっていた。普通に読めば、きのさきただお——なのだろう。

全く知らない人だった。見覚えも聞き覚えもない。

住所は茨城県日立《ひたち》市とある。縁のない土地である。

実に胡散臭《うさんくさ》い。

どこにでもあるごく普通の封筒だった。

几帳《きちょう》面《めん》な字が並んでいる。青インクの散り方や滲《にじ》み方から、万年筆で書かれたものと思われた。

便箋《びんせん》も、何の特徴もない縦書きの白い便箋で、中も同じ人の手になる文字であった。

初めてお便り致します——という書き出しだった。

続いて面識もないのに突然手紙を出す非礼を詫《わ》びる文面が続いていた。

やはり、知らない人だったのだ。ただ、自己紹介のようなものは一切なかった。

どこまで読み進めても差出人の正体は不明のままだったのだが、それでも書いた人間が若くないということだけは判った。筆跡は勿論、語句の選択や文面それ自体に若さがない。年齢を誤魔化《ごまか》すためにわざとそう書いているという可能性も捨て切れなかったけれど、職業柄作為的に書かれたものかそうでないかくらいは判る。

少なくとも僕と同年代か、それ以上の年齢だろう。僕はそう読んだ。

先祖のことでご相談したい――と書いてあった。

就いては是非一度会って戴《いただ》きたいというのである。

日取りも場所も凡《すべ》てお任せしますと結ばれており、連絡先として携帯電話の番号が記されていた。

怪しい。

この上なく怪しい。

如何《いかが》わしい宗教の勧誘とか、オカルトグッズの売り付けとか、いずれそうした匂いがする。先祖といえば供養である。供養が足りていない、先祖が障《さわ》りを為《な》している、だから入信しろだの壺《つぼ》を買えだの、そうした連中の陳腐な手口を僕は熟知している。今はやや下火になったものの、ひと昔前は掃いて捨てる程にいたのだ。

スタッフに相談してみたが無視すべきだと言われた。

当然だろう。

友人数人にも話してみたが、皆口を揃えて無視を勧めた。

これがペンネームに宛てて届いたものならば、僕も誰に相談することもなく黙殺していたことだろう。ただ、手紙は本名宛で自宅に届いている。どこで調べたものかは判らないが、相手は僕の住所を知っているのである。リストのようなものから拾ったとは思えなかった。そういう場合、多くは単なるダイレクトメールで、大量に発送するから手書きの封書などにはしないものである。例外はあるのだろうが、どうもそういう感じではない。

プライヴェート情報が握られている以上、放置してもおけない気がした。

家族に迷惑が掛かるようなことだけは避けたい。

熟慮の末、連絡を取ってみることにした。

電話をしてみると、相手はすぐに出た。

朴訥《ぼくとつ》そうな喋《しゃべ》り方だった。

勿論、それは印象に過ぎない。

口調や声音だけで何かを判じられる訳もない。

ただ、それは一つの判断材料にはなる。相手——城崎氏は、明らかに緊張していた。

僕は気を緩めず、慎重に相手の反応を探った。手紙の真意が知れない、先《ま》ずこちらは貴方《あなた》のことを全く知らないと、そう言った。

──いや、それに就きましては実《まこと》に失礼なことで、お詫びの申し上げようもないのです。私も、何と申しますか、貴方のことを全く存じませんので。知りようもないもので、取り敢《あ》えずお手紙を差し上げたという次第で。

知らない人に手紙を出すというのが解らない。

そう言うと城崎氏は益々《ますます》恐縮したようだった。

──はあ、色々と辿《たど》って行きましたらば貴方に行き当たったということでして、ご住所は、電話帳で調べました。

いや、ハローページには載せていない。

そう言うと、十六年前の電話帳だと言われた。慥《たし》かに、その当時ならまだ載せていたかもしれない。しかし古い電話帳は回収されるものではないのか。

──いや、何ともお恥ずかしい話ですが、家の固定電話の契約を十五年前に解除してしまったもので、家には古い電話帳しかなかったのです。解約前に届いていたのが残っておって、それが幸いした訳ですなあ。

そう言った後、城崎氏はいや、幸いなどと申してはいけませんかなと続けた。

──ご不審に思われるのはご尤《もっと》もです。いや、決して怪しい──まあ、怪しくないという証明は出来ないのですが、何といいますかな、その、変な宗教とか、そういうものではございません。私、もう退職しましたが、元は中学校の教師をしておりまして、今はアパート経営で細々《ほそぼそ》と暮らしております。

電話口で申しましても何の証《あか》しもございませんがと城崎氏は恐縮した。

——いや、その、十七年前に事故で妻子を亡くしまして、それをきっかけに教師も辞め、自宅をアパートに建て替えましてですな——。

自宅の地所は親から相続したものだったらしい。

手短に半生を語った後、城崎氏は失礼ですがご職業は——と僕に尋《き》いた。

文筆業ですと答えた。

敢えてペンネームは言わなかった。名乗ったところで知らない人は知らないのだろうし、わざわざ知らしめるようなことでもない。

はあ、と何やら頻《しき》りに感心された。

知っていて誤魔化しているという雰囲気ではなかった。この人は本当に僕が小説書きだと知らないのだろうと、そう感じた。いや、それでもまだ僕は信用などしていなかったのだが。

——会っていただく訳には参りませんかなあ。

城崎氏はそう言った。

まあ、多くを呑《の》み込んだとして——城崎氏に悪意がないものとして——それでも彼の意図は微《み》塵《じん》も汲《く》めるものではない。彼と僕の人生はこれまでに一点たりとも交差していない。僕が彼と面会しなければならない理由が見当たらない。

電話では話しづらいのですよと城崎氏は言う。

——慥《たし》かに、貴方と私は無縁というよりないのですが、私達が生まれるずっと前に交わっていたかもしれないと、そういう話なのです。まあ、平たく言ってしまうと、先祖が同じではないのかと。

先祖——か。

城崎氏がどうやって僕に辿り着いたのかは知らないが、僕には戸籍上の先祖と血縁上の先祖がいて、それも色々ややこしいことになっている訳で、一口に先祖と言われてもどの筋の先祖なのか判ったものではない。父方の先祖でも母方の先祖でも、血は繋《つな》がっていないのだ。

——私、天涯孤独なのです。

城崎氏はそう言った。

——事情があって、妻や子の墓にも参ることが出来んのですよ。

どうも、十七年前の事故というのは交通事故で、しかも原因は城崎氏の過失にあったらしい。十歳年下の奥さんと当時高校生だった娘さんが亡くなったのだそうだ。元々娘婿と折り合いの悪かった奥さんの実家は彼のことを赦《ゆる》さず、城崎氏には絶縁が言い渡された。城崎氏も全治三箇月の重傷だったようだが、彼が入院している間に勝手に奥さんと娘さんの葬儀が挙げられ、遺骨も奥さんの実家が引き取って、自分達の墓に入れてしまったのだという。のみならず、墓参を含め今後一切の関係を絶ってくれと言われてしまったのだそうである。

自業自得と言われましたと城崎氏は言った。

居眠り運転だったらしい。

――私の父と母は郷里を捨てて――まあ俗に謂《い》う駆け落ちですかなあ。そんなですのでね、それぞれの実家とは縁が切れておって、私は祖父母というのを知らんのです。その両親も、二十年から前に他界しておってですな、兄弟もおらんし、本当に係累が一人もおらんのです。それでもこの齢《とし》になると色々と思うところもありましてねえ。少しばかり自分のルーツというんですか、そういうものを捜してみようかと、まあ、そんな気になったんですよ、六十を一つ二つ過ぎたくらいでしたかな。そこで、父母の郷里、これが福島《ふくしま》なんですが、そこに通って色々と調べてみたり――もう、五年です。

それは判ったが、その過程でどうしたら僕が出て来るのだろう。

僕は福島に親類などいない。

いや。

いるのかもしれない。いるかどうか知らないだけではないのか。僕の家系はもう整理出来ない程にややこしいのだから、いたっておかしくはないだろう。どこでどう繋がるのかは知らないけれど。

ちょっと興味が涌《わ》いた。

僕は、そうしたことに全く拘泥《こうでい》しない。自分の先祖がイヌだろうがムシだろうが、それは自分とは関係のないことである。

まあイヌでもムシでも、いなければ今の自分はないのだから、そういう意味では感謝しないでもないのだけれど、感謝したところで相手は大昔に亡くなってしまっているのである。

気持ちは生きているうちに伝えなければ何の意味もない。相手が生きていないのならば、そんなものは心の内に秘めていても同じことである。

どうせ通じはしない。

墓参りなどというものは、要は参る側の問題としてあるものなのだ。あれは、自分は父母や祖父母や親類や連れ合いや、そうした亡くなった人々に対しての畏敬《いけい》哀悼の念をきちんと持っているんだと、自分自身で再確認するために行うものなのだ。

そういう気持ちはとても大事なものだと思うが、時に忘れがちになるものでもある。常にそういう敬虔《けいけん》な気持ちを忘れずにいられるのなら、墓参りなどせずとも良いと思う。想うだけでも亡くなった人とは会える訳だし。墓まで出向いたところで心ここに在らずでは意味がない。

そんな訳で、僕は血統だとか家柄だとか、そういうものに全く関心がない。

自分のルーツ――ルーツというのも時代掛かった言い方なのだが――など、どうでもいい。

でも。

妙に興味をそそられた。

そそられたのは、ミステリでも読むような謎解き感があったからである。城崎氏がどうやって先祖を捜したのか、その過程でどうやって僕に結び付いたのか、その経緯を知りたくなったのだ。

勿論、その段に到っても僕は城崎氏を全面的に信用していた訳ではない。と、いうよりも毛の先程も信用していなかったと言っていい。ただ、面白そうだと思ってしまったのである。身を護《まも》るための方策はあれこれ用意しておかなければならないだろうけれども、それでも一度――。

会いましょうと言った。

茨城まで行くことにした。酔狂な話だが、まあそれもいいように思ったのである。今のところ詐欺的な要素は見当たらないし、マズいと思ったらその時点で考えればいいのだ。まあ、即刻命を取られるようなことはあるまい。そう思った。

その三日後、僕は日立まで行った。

スタッフに車で送って貰った。ただ極めて個人的な用件だし、先方は僕の身元を知らない訳で、いきなり第三者を同席させることは憚《はばか》られた。だから近くで待機していてくれと頼んで、僕は単身、待ち合わせ場所に向かった。ドライブインというか喫茶店というか、二階が土産《みやげ》物屋になっているよく判らない古い店で、客は全くいなかった。テラスのようなところに白髪を刈り込んだ小柄な老人が座って紅茶を飲んでおり、それが城崎さんのようだった。

前まで行って名乗ると、城崎さんは気を付けの姿勢になり、何度も頭を下げた。

「いや、もう、本当に有り難うございます。こんな処《ところ》まで来て戴いて、何ともはや、恐縮です」

電話での会話から推し量るに、この人はどうやら手紙から予想した通り六十代半ばくらいの筈なのだが、もう七十を超えているように見えた。小柄なおじいちゃんという風《ふう》貌《ぼう》である。

向かいに腰を下ろしてコーヒーを注文し、二三分雑談をしてから、すぐに本題に入った。気になる。

「はい。掻《か》い摘《つま》んで話しますと――私の父というのは福島の旧家の出だったようなんです。それは聞いていましたし、父の戸籍なんかから実家の情報も多少は知っていたもので、すぐに判ると思いましてね、城崎という家を捜したんですが、絶えていました。そこで聞き取り調査をしましてね。いえ、私、もともと社会科の教師で、学生時代は都市論なんかもやっていたもので、そういう調査みたいなこともしてたんですよ」

「そうですか。フィールドワークということですね？」

「そうです。そうしたら、意外なことが判りましてね。いえね、私の母は孤児で、父の話だと、身寄りのない者との結婚を許して貰えずに家を出たと、そう聞いていたのですがね」

父も貰い子だったようなんですよと城崎さんは言った。

「養子ということですか」

「はあ。戸籍上は実子なんですが、違ったようで。城崎家というのはそれなりに大きな家だったらしく、苗字帯刀《みょうじたいとう》を許された村庄屋のような家柄だったそうなんですが、私の祖父、伊知郎《いちろう》という人には子供がなかったというんですな。そこで、何処からか子供を貰って来たと――これは複数の証言があるので、間違いないようです。何といっても何十年も前のことですから中々探り難《にく》かったのですが、父母の同級生という人はまだ結構残っていて――皆さん九十歳になんなんとしている方々な訳ですがね。それでも、数名は耄《ぼ》けているようでしたが、まだまだ確《しっか》りした方もいらっしゃる。その、父が家を出たのは、出生の秘密を知ってしまったからだという訳です」

「なる程。昔のドラマなんかではよくある話ですね」

「ええ。父は兵隊に行っているのですが、その影響もあったんですかなあ。まあ父にしてみれば、母が孤児だからということで結婚を反対された訳ですからね、自分も実の子でないと知ってしまったら、まあ馬鹿らしくなってしまったんでしょう。そこで手に手をとって出奔したと、そういうことだったようですな」

「お母様の方は」

「母は、施設で育ったんですね。捨て子だったようで、その施設ももうないですし、記録もない。こちらはそれ以上辿れませんでした。ところが、施設の関係者を捜している途中で、父の実父らしい人物を突き止めてしまった訳です」

突き止めましたかと言うと、半信半疑でしたがどうも間違いないようですと城崎さんは答えた。

「その人、奥さんをお産の時に亡くして、単身樺太《からふと》に渡ったというんですよ」

「樺太ですか」

「ええ。単身ですからね。奥さんは亡くなったのだとして、その時生まれた子供はどうなったのかという話ですわ。死産だったのかと思ったんですが、それが、どうも死産ではなかったらしいんです。産婆さんを——勿論ご本人はずっと昔に亡くなっているんですけども、その子孫の方を見つけましてね。物は試しと行ってみた。そしたら、桃農家なんですが、そこに何と、記録が残っていた。曾祖母《ひいおばあ》さんの付けていた帳面が残っていると言う。興奮しましたなあ」

それはまあ、そうだろう。

「私の父は昭和二年四月十日生まれで、名は宗一《そういち》といいます」

「ホントに九十年も前のことじゃないですか」

「そうです。しかしですね、帳面には昭和二年四月九日、田浦《たうら》ミツ、長男宗一と記されてました。難産ノ報《しら》セアリ、ミツ死亡スルモ児《こ》ハトリアゲル、とあった。一日違いですよ。田浦ミツというのが、私の実の祖母の名だった。祖父は田浦弘三《こうぞう》、この人は本当に樺太に渡っていて、亡くなっています。それも確認しました」

「はあ。そんなことが確認出来るものですか」

「幸いにも出来たんです」

樺太などの場合は寧《むし》ろ記録が残っているのかもしれない。

「いやいや、インターネットなんかでは探せませんけれども、現地に行けばそれなりに情報というのはあるものでして」

サハリンまで行ったのかと問うと、そこまでは行きませんでしたよと言って城崎さんは笑った。

「行ったのは北海道までです。引き揚げ者の子孫が結構残っておるし、名簿だの文書だのも多少はあるんです。祖父は、大泊《おおどまり》の製紙工場で働いていたようなんですが、向こうで再婚して子供も一人いたようです。しかし終戦の引き揚げの際に一家は全員亡くなっていました。墓もない。ただ、生存されている引き揚げ者の中に父の実父の子――つまり私の叔父《おじ》に当たる人になる訳ですが、その人と現地で友達だったという八十二歳のお婆さんがいたんですよ。恵庭《えにわ》という処に住んでる方でしたが、その人の記憶に依《よ》ればその叔父の名は宗二《そうじ》だったという。宗二少年は、自分には生まれてすぐに里子に出された兄がいるから、いつか内地に渡って会ってみたいと言っていたという。これ、間違いないでしょう？」

「はあ。まあいずれも傍証なんでしょうが――そういう偶然は少ないでしょうね」

「少ないというよりないでしょう」

城崎さんは泣き笑いのような顔をした。

「まあ、そこでですね、私は次に、その田浦家を辿ってみた訳ですよ。これはもう、百年以上前のことになりますからね、大変でした。そもそも最近は個人情報が保護されとりますからね。でも、田浦弘三という人には、どうやら兄がいたらしい。その子孫はいないものかと」

「いたんですか」

いませんでしたと城崎さんは言った。

「戦争で全滅です。いたらね、まあ再従兄弟《またいとこ》とか、そういうことになる訳ですが――ただ、田浦という人はどうも、元々福島の人間ではなく、この、茨城の出身だというんですよ」

「よく判りましたね」

「ええ。弘三の兄の欣二《きんじ》という人は床屋さんで、やはり福島で開業していたようなんですが、どうも事件に巻き込まれて亡くなっている。昭和でいえば元年のことです。弘三が樺太に出発する前の年ですわ」

「事件と仰《おっしゃ》るからには災害や事故で亡くなったのではなくて、殺された――ということになるんでしょうか？」

「居直り強盗にあったらしいですな。新聞に載っていました。一家皆殺しです。住所も書いてありまして」

「床屋の？」

「床屋のです。床屋は当然もうないですが、近所に古いお寺があってですな、そこで尋ねてみた訳です。檀家《だんか》であれば何か残っているかもしれない。もしかしたら墓もあるかもしれない。何か覚えている人がいるかもしれない」

九十年も前のことでしょうと言うと、たった九十年前のことですよと返された。

「結論から申し上げますと、墓はなかったです。但《ただ》し、石燈籠《いしどうろう》が寄贈されていた」

「石燈籠ですか？　あの、参道なんかにある？」

「そうですそうです。昭和二年に、田浦倫一《りんいち》という人が境内に石の燈籠を二基建てていましてね。この倫一というのが、まあ殺された欣二と私の祖父弘三の、兄だったんですな。名前からみても、長男ということになるんでしょう。そうなら田浦本家の当主ですな」

「その当主が寄贈を？　なら、檀家だったということですか？」

「いや、田浦家は茨城ですから檀家じゃないです。でも、どうやら欣二という人の葬儀は矢張《やは》りその寺で挙げているようなんです。近かったからでしょうね。ただ埋葬はしておらず、遺骨は郷里に持ち帰って代々の墓に入れたらしいのです。当時の記録を捜して貰いましたところ、短いものでしたが書きつけが出て来ましてね。欣二が亡くなった翌年、弘三は妻を亡くす訳ですが、この妻――私の祖母ですな、その葬儀もその寺で行ったらしいのです。燈籠はその時に、本家の倫一から寄贈されとる訳でして」

「その本家とやらが茨城にあると」

あった、過去形ですねと城崎さんは言った。

「もう絶えています。昭和十年の台風で、地滑りと洪水がありましてね。日立鉱山の辺りなんかもかなり被害が出たようなんですが、田浦家も家屋が倒壊し、一家四人が流されたり埋まったりして全滅です。戦後、父は母と郷里福島を出奔し、何故《なぜ》かこの茨城に腰を落ち着ける訳ですが、実父の実家がこの近辺だったと知っていたとは思えない。何とも、奇縁を感じますなあ。何か大きな力が働いたとしか思えませんわ」

そう——だろうか。奇縁と言えば奇縁ではあるだろうが、僕はそういうシンクロニシティめいた話には全く感慨を覚えない。偶然でしかない。偶然に驚くとか、偶然を喜ぶというのなら判るのだが。

そういう偶然を縁と呼ぶのであって、先ず縁ありきの偶然というのはない。

「ただ、そこで行き詰まってしまいましてね」

城崎さんは続ける。

「田浦家というのは、まあこの土地では古い家柄で、武家だったそうです。戸沢《とざわ》氏が治めた常陸松岡《ひたちまつおか》藩の藩士で、戸沢氏が転封《てんぽう》後、水戸《みと》藩領になってからも土地を預っていた附家老中山《つけがろうなかやま》氏に仕えていたそうで、身分こそ高くはなかったものの、まあずっとこの土地に根付いていた訳ですな。ならば、何か残っておらんかと思いまして、またぞろ寺に行ってみた。まあ、味を占めたんです。近隣の古寺を当たってみました。そしたら、過去帳と、家系図が出てきましてね」

「はあ」

凄《すご》い執念である。

「倫一、欣二、弘三兄弟の父、つまり私の曾祖父に当たる人ですが、角右衛門《かくえもん》といいます。この人は一人っ子で、妻は、かめじょという。これ正しい読み方は判りません。亀に女、ですね。この亀女、私の曾祖母は、水戸の木嶋《きじま》という家から嫁に来ている。明治の話です。で、木嶋の家を調べてみますと——これも絶えているんです」

「またですか」

「そんなものですよ。洪水でも戦災でもありませんがね。女の子しかいなかったんですな、木嶋家には。養子を貰うでもなく、まあ絶えた。で、私の曾祖母には姉がいて、これが鶴女《つるじょ》というらしい。如何《いか》にもな名ですな」

鶴亀とはお目出度《めでた》い、と言いかけて止《や》めた。茶化すつもりはない。

「いいですか、この鶴女さんの子孫がもしいたなら、考えるまでもなくそれが私の一番近い血縁者ということになる訳ですよ。そうでしょう」

そうなるか。

「鶴女さんの方は、東京の犬塚《いぬづか》という家に嫁いでいます。そこで女児を産み、産褥《さんじょく》で亡くなったらしい。その女児は長じて笠原《かさはら》家に嫁した。そこで息子を一人産んでます。その子が」

「はあ」

「その子が、貴方のお母様の実母の最初の夫、つまり貴方のお祖父《じい》さんということになるのです」

「待って下さい。ええと、母の実母は僕も知っています。育ての親が亡くなった後は交流が出来て、晩年は母も面倒を見ていましたからね。その人の——最初の夫ですか？」

「ええ。何かご事情があったのでしょう。離婚されているようです。それで里子に出されたのではないでしょうか。離婚後、笠原さんは再婚されなかったようなので、笠原の姓も途絶えた。しかし血統は貴方に繫がっていると——」

「いや、慥《たし》かに母も実父のことは全く知らないということですがね。当然、僕も知りません。名前も何も知らないです。それでも、足跡くらいは何となく聞こえて来ていますよ。面識も交流も全くありませんが、ご子孫もいらっしゃるという話は、風の便りに聞いていますし」

それは再婚されたご主人の方ではないですかと城崎さんは言った。

「いや、離婚してるんですよ。だから縁が切れていて」

「ええ、二度離婚なさっているようです」

城崎さんは真顔でそう言った。

「つまり、私と貴方は、かなり遠いですが血縁ということです。そして、私と貴方の接点は、辿り辿るに田浦亀女ということになります。それで、実は田浦家代々の墓というのが——あったという話なのですよ」

「は？　寺にですか」

「寺の墓所じゃないのです。自前の墓所を持っていたのです田浦家は。よくありますでしょう、ぽつんとお墓があるようなロケーションが。あれですよ。しかし、自前の墓所があるらしいということだけはお寺の取材から確認出来たのですが、それが何処にあるのかが判らなかった。それが、丹念に調査した結果、やっと判明したと、まあこういう話なのですが――如何《いかが》です？」

「如何って」

「先祖ですわ」

「いや、そんなことを言うならですよ、城崎さん。貴方の言うことを全部信じたとしてですね、僕にしてみればその、笠原さんですか、その人の方がずっと近い親戚という話ですよ。いや、親戚というより、祖父に当たる人ということになってしまうじゃないですか」

笠原さんの墓はないですと城崎さんは断言した。

「そもそも生死不明です。生きている訳はないですが、行方が判らんのです。笠原家の墓には入っていないのですな。のみならず、笠原家は係累が絶え、菩提寺《ぼだいじ》も廃寺になって、無縁仏の扱いになって、別の寺に合同で葬られてます。つまり貴方の曾祖母の墓もない」

「犬塚さんは」

「犬塚家も不明です。空襲で家も、お寺も焼けて、何もかも判らなくなってしまったようです」

何だか――。

都合の良い話だと思ったのだった。

いや、誤魔化しや不整合がある訳ではないのだ。

ただ――そう、どうでもいいところ――不明でも差し支えないところは概ね不明のまだし、本筋に関係ない者は皆、悉《ことごと》く絶えているのである。それでいて、繋がるべきところだけは細くても薄くても、ちゃんと繋がっている。

日を改めて墓参りに行きませんかと城崎さんは言った。

「その――ほら、見えるでしょう」

城崎さんは指を差す。

「あっちが大白峰《おおしらみね》、あれが高鈴山《たかすずやま》。あの、ほら中間くらいの、山の中腹辺りにあるんですよ、田浦の墓は。そこに、私の曾祖母であり、貴方の曾祖母の母の妹である人が埋葬されているのです。どうです」

「いや――」

どうなのだろう。

「車で近くまでは行けますよ。降りてから三十分くらいは歩きますが、場所さえ知っていれば迷うこともありません」

抗《あらが》い難《がた》い拒否感と、それと同じだけ強い、正反対の感情——行ってみたいという気持ちが涌いた。ただそれは、血縁だからとか先祖だからとか、そういうことではない。縁があるから行ってみたいと感じた訳ではないのだ。僕は元より、そういうもの——古く寂れた墓なんかが好きなのだ。他人の墓だろうが石仏だろうが、山中に放置されていた遺物というだけで僕は魅力を感じてしまう性質《たち》なのである。

「では今、これから行きましょう」

そう言った。城崎さんは少し驚いたようだった。

「今？　いや、それは——な、何の用意もしていませんから」

「別に用意は要らないでしょう。装備が必要な程険しい山なのですか」

「いや、そうではないです。道はもうないですから、草や藪《やぶ》を掻き分けたりせにゃならんですが、元々墓所なんですから、登山のようなことは——しかし、今はその、花も線香もないですし、供物もないし」

別にいいじゃないですかと僕は言った。

「花だの供物だのが要るとは思えませんよ。大事なのは気持ちなんじゃないですか。そういうものを供えなければ怒る先祖なんて、おかしいでしょう。そもそもその、田浦本家が途絶えてから八十年以上放置されていたんでしょう？　それを、執念で捜し出したんですから、逆に褒められて然《しか》りですよ城崎さん。祟《たた》られるようなことがあるとするなら、寧《むし》ろ放置してたことに対してでしょうし、ならとっくに祟られてますって」

祟られたんじゃないかと思うんですわ――と、城崎さんはぼつりと言った。

「誰がです」

「私ですよ」

「それって、例の事故――ですか」

城崎さんの表情が曇る。

「あなたが起こされた事故は、祟りの所為だと、そうお考えなんですか？　いや、それはどうでしょう。慥《たし》かに悲しい事故ではあったんでしょうが」

いや、祟りですよと城崎さんは繰り返した。

「私、居眠り運転なんかしてないんですよ。余所《よそ》見した訳でもないんです。でも、あの時、何でしょう、妙なものが見えましてね」

「妙なもの？」

「はあ。何だかもやもやしたものです。それで、声が聞こえた。頭の中で――ですが」

――ムエン。

「むえん？　無縁ということですか」

知りませんと城崎さんは小声で言った。

「そう聞こえたんですわ。そうしたら、目の前が白くなって、気づいたら病院のベッドの上でした。妻も子も死んでいて、葬儀も済んでいた」

無縁仏となった祖先が祟った――ということか。

慥《たし》かに、城崎さんの祖父は妻を失い、子供を手放して、新しい家族ごと亡くなってしまっている。その次兄は強盗に一家皆殺しにされ、長兄は災害で一家全滅である。いずれも天寿を全うしておらず、不幸と言うなら不幸であろう。その結果、代々の墓は放置されることになったのだ。だからといって子孫に祟るだろうか。そもそも、城崎さんのお父さんは祟られてなどいないのである。一代おいて孫に祟るだろうか。いや。

祟りなどない。

死者が生者を妬《ねた》み殺すようなことがあるならば、人類はとっくの昔に滅んでいるだろう。

「いや、そうなら余計に急いでお参りすべきじゃないんですか。それに、その墓に眠っているのは、不幸にも亡くなった貴方の祖父や曾祖父よりずっと前の血縁者、先祖なんでしょう。祟る謂《いわ》れはないじゃないですか」

「そうなんですが——いや、正直に申し上げます。その、墓のある場所に行く山道の入口なんですが——そこ、私が事故を起こした場所なんです。私が車で突っ込んだ処から横に分け入った先に、その墓があったんですよ」

「はあ」

僕は急に醒《さ》めた。

「城崎さん」

「はい」

「あなた、嘘を言っていますね」

城崎さんは狼狽《ろうばい》の色を浮かべる。

「な、何を仰《おっしゃ》います。私は――」

「いや、何もかも嘘とは言ってませんよ。しかし、貴方の辿った道はところどころ途切れているんじゃないんですか。聞く分には何の不整合もないように思えますが、例えば貴方のお父さんが田浦弘三の息子だという証拠は――ないですよね。同じ名前の子供が一日違いで生まれているというだけじゃないですか。出だしからしてそうなんです。もしそこが違っていたならば、凡ては貴方と無関係ということになる」

「そんな馬鹿な。こんな偶然はないですよ」

城崎さんは苦笑した。

「そうでしょうか。では尋ねますが、貴方はその田浦弘三という人物をどうやって突き止めたんです？　田浦弘三から辿り辿って、その墓に行き着いたようなお話し振りでしたが――実際そう思えてしまいますが、それは違うでしょう。演繹《えんえき》的推論なら、前提が誤っていた場合結論も間違いになる。多分、あなたは帰納的に――いや類推的に結論に至ったんじゃないんですか。意識的か無意識的かはさておき、調査の際も恣《し》意的に情報を選別して説を組み立てているように感じます。思うに、結論――先ず、その墓ありきだったのではないですか」

「いや――それは」

「貴方は不幸な事故で家族を失われた。のみならず、葬儀にすら出られず、墓参も許されないというのは、これ、悲し過ぎます。貴方のご心痛は他人には計り知れない。月並みな言い方ですが、同情を禁じ得ません。職まで辞されているのですから、かなりお辛《つら》かったのでしょう」

城崎さんは俯《うつむ》いた。

「貴方は事故現場に赴き、何かを捜した。違いますか。聞けば正に魔に魅入られたような事故だったのでしょう。貴方は自分を惑わした魔を捜した。つまり、原因を自分から外に追い出そうとした。事故は何者かが引き起こしたんであって、自分の所為じゃないと、そう考えたかったからだ。違いますか」

城崎さんは細かく震えていた。

「そして現場付近でその——打ち捨てられた古い墓を発見した」

「いや、しかし」

「墓に記された田浦という名前から貴方は出発している。そうでしょう。その結果、田浦弘三という人に行き着き、その人には、貴方のお父さんと同じ名前、誕生日も一日違いの子供がいた。しかもどうやら里子に出されているらしいということが判った。そして、田浦宗一はあなたのお父さんになっていってしまった」

「いや、だって、そんな偶然は」

それくらいの偶然はいくらでもありますよと僕は言った。

「多分、僕もその墓とは無関係ですよ。その、笠原 某《なにがし》は母の実母の前夫ではないと思います。縦《よ》しんば母の実母の前夫であったのだとしても、それは僕の祖父ではないでしょうね」

「何故です」

「何故って」

僕は視線を城崎さんの背後に投じた。

「違うと思いますよ」

それは、間違いなく違うと思う。昔のことだし、どうでもいいことなのだけれど。

城崎さんは後ろを気にした。

「あまり言いたくないのですが――あの人が違うと言っている気がします」

「あの人？」

「ええ。あの、ちょっと煤《すす》けた感じの、顔色の悪い、怖い顔付きの女の人です」

「女？」

「ええ。地味なお召しに黒羽織、かなり乱れた束髪で、眼の周りに隈《くま》が出ていて、頬《ほほ》も痩《こ》けていて、それは恨みがましい目付きで――ええ、まるでこの世の者ではないような恐ろしげな顔で、貴方を睨《にら》み付けていますが」

「えええ？」

城崎さんは振り返った。

「ど、何処です」

「見えませんか。おかしいなあ。ずっといますよ」

「それは――」

「いや、判りませんけど、もしやあれ、田浦亀女さんじゃないんでしょうかね。あの眼は、自分はお前なんかと縁はないぞ、関係ないぞという意思表示じゃないんですか。そうでないなら――いや、今の城崎さんに死人に妬まれたり恨まれたりする理由なんかないと思いますけどね。死人にはそういう理屈は通じないのかもしれませんが。いずれにしても、あれは怖いですからね、すぐにでもお墓に行って、謝るべきなんじゃないかと思ったんですよ。私と貴女《あなた》は無関係です、縁もないのにあれこれほじくり返してすいません――と」

「そんな」

城崎さんは真っ青になった。

勿論、嘘である。

そんな女はいない。いなかったと思う。みんな嘘だ。でも城崎さんは怯《おび》えた。冷や汗をかき、蒼《あお》ざめて、極めて挙動不審になった。そして慌ただしくその墓の場所だけを僕に教えると、何も言わずに席を立ち、何故か僕に深く詫びてそそくさと去って行った。

僕はその後、スタッフに連絡して車を回して貰い、件《くだん》の墓まで行ってみたのだが、小一時間捜しても見付けることが出来なかった。

ただ、慥《たし》かにそこはその昔事故があった場所ではあるようで、路肩には小振りなお地蔵様が置いてあり、朽ちた花束らしきものも見受けられた。仕方がないから暗くなる前にその日は帰った。

その後、城崎さんに何度か電話をしてみたのだが、携帯電話は解約されていて繋がらなかった。

母に尋いてみたところ、母の実母には前夫などおらず、実母の親しくしていた女性に笠原姓の人がいたようなので、その人のご主人ではないかということだった。

その旨を記した手紙を城崎さんに出した。

しかしその手紙は戻って来てしまった。調べてみると手紙に記されていた所番地は存在しなかったのである。嘘だったのだ。嘘だったのだが。

一体、どこからどこまでが嘘だったのだろう。

ハウス

ハウス、という厳しい声が聞こえた。

犬でもいるのだろうか。室内犬を飼っている様子もないし、そんな話も聞いたことがなかったから、やや奇異に感じた。もう一度ハウスと言って、木村《きむら》さんは部屋に入って来た。

木村さんはノンフィクションライターである。僕より二つくらい齢上《としうえ》で、大学を出る前からライターの仕事をしているというから、業界歴は僕よりもずっと長い。二十代の前半に外務省のエリートと結婚したようなのだが、三年程で離婚したのだそうだ。ご両親を介護しなければならず、長期の海外赴任に同行出来なかったというのが離婚の理由だったようだ。何でも、お母さんが脳梗塞《こうそく》の後遺症で半身麻痺《まひ》、お父さんは軽度の認知症だったらしく、ライターという仕事も在宅でも出来る職種ということで選んだのだと聞いた。慥《たし》かに時間的な拘束はないし、ヘルパーを頼むにしても取材など外出時だけで済む。でも、お母さんは離婚後五年程で亡くなったという。お父さんももう亡くなっているようだ。

でも、もう結婚はしないのよと、木村さんは笑って言っていた。

面倒臭くなってしまったらしい。

木村さんとは十年程前に雑誌の企画で対談をして、それが縁で交流を持つようになった。といっても、プライヴェートで頻繁に顔を合わせるような間柄ではない。年に二三度メールの遣《や》り取りをするとか、パーティの二次会などで一緒になった際に同じ卓につくとか、その程度の関係である。

まあ、それは大方の作家仲間と変わらない程度の関係——ということになる訳だけれども、ただ同じ物書きといっても、小説家とノンフィクションライターでは畑が違うから、何かと見識も違う。だから色々と勉強になるし、面白い話も聞けるのだった。

自宅に招かれたのは初めてだった。

ワンちゃんですかと同行した編集者が尋《き》いた。

木村さんは躾《しつ》けがなってないのよねと困ったような顔で答えた後、紅茶を淹《い》れてくれた。

大きな窓から庭が望める部屋だった。

建物はかなり古い。

畳の上に絨毯《じゅうたん》が敷かれていて、テーブルと椅子が設《しつら》えられている。

調度も古い。アンティークショップのショールームのようでもあるが、もっと枯れている。モノクロの日本映画に出演しているかのようだ。

もうすぐ六十年よと木村さんは言う。

「ここに住んで。私が生まれた時に建てたそうだから、同じ齢なのね」

何もかも古びてるのよと木村さんは笑う。

壁には同じく古びた写真が掛けられている。退色の加減から見て四十年くらい前のものだろう。写っているのはまだ若々しい木村さんらしき女性と、元気だった頃のご両親だろう。並べて飾られているのは、多分遺影だ。

モノクロのお母さん。

昨今は遺影もカラーだが、その昔はモノクロと決まっていた。そのうえ、無理矢理に切り抜いて喪服のようなものを合成したりしていたものである。それはまさにそういう写真だった。

今は修正技術も進んでいるし、服装も背景も自由な感じである。隣に掛けられているのはたぶんお父さんのスナップなのだが、これはカラーで、しかもバックは海だった。

だが、これも遺影なのだろう。

「埃《ほこり》だらけよね」

独り暮らしだと掃除もさぼりがちなのねと木村さんは言う。

それから廊下の方に眼を向けて、また汚すのよと言った。

「ワンちゃんですか」

編集者がまた同じことを言った。どうでもいいことである。

「それよりも——」

木村さんは何か話があるんだと言っていた。

丁度、近くの大学でシンポジウムがあったので序《つい》でにお邪魔したのである。

「そうそう」

木村さんは悪戯《いたずら》っ子のような眼をする。

「聞いて貰《もら》いたい話があるのね」

「僕にですか」

相談したくなる顔なんですよと編集者が軽口を叩《たた》く。

「うるさいなあ君は。それはどういう顔なんだよ」

まあそういう顔ねと木村さんは僕を指差した。

「でも相談じゃないのよ。聞いて貰えればいいだけ。変な話なのよ」

「変なんですか？」

変だわねえと木村さんは微笑《ほほえ》む。

「ほら、あの人とかあの人とかに話すと必ず怪談とかにされちゃうような話なのよね」

「あの人とかあの人、ね」

僕は知人友人の作家の顔を思い浮かべる。心当たりはいくらでもある。

「と、いうことは怪談じゃない、ということですね？」

怪談の定義を知らないから判らないわと木村さんは答えた。

「まあ、実話――というか、本当のことではあるのよ。それは保証する。でもね、別に怖いかというとそんなことはなくて、それで何か良くないことが起きたとか、人が死んだとか、そういうこともなくて、でも気味が悪いといえば悪いし、迷惑というか何というか――そうねえ」

変な話ねと木村さんは言った。

興味が涌《わ》いた。聞きましょうと言った。

「先《ま》ず言っておくわね」

木村さんはそう前置きして、僕と編集者の顔を見比べた。

「あのね、これからお話しすることは全部実話。事実なんだけれど、たった一つ、一つだけ嘘が混じっているのよね」

「嘘ですか」

「そう、嘘。でもそれは一つだけなのね。それを承知してくれる？」

「待ってくださいよ木村さん。それ、まさか〝実話だ〟ということだけが嘘だとか言うんじゃないでしょうね」

それなら何でもありである。

「それはないわよ。まだ話は始まってないんだから。話し始めてから嘘を言うのよ、私は。そういうルール違反的なミステリとか書くのはあなたじゃないの」

まあ、そうなのだが。

「私はノンフィクションライターだから、基本的には嘘は書かない。勿論《もちろん》、何もかも私というフィルターを通したことなんだし、文章にした時点で色々取捨選択してる訳だから、これが事実ですなんて胸を張って言えるものじゃないんだけど、創作や捏造《ねつぞう》はしないの。話も盛らないように心掛けてる。小説は面白く書くのが本分なんだろうけど、私の分野は面白いことは面白く、面白くないことは面白くなく書くもんなのよ。読み物として読み易くするために情報開示の順番を変えたり、構成を工夫したりすることはあるけど、あなた達みたいに読者を騙《だま》そうとか、怖がらせようなんて考えないの」

「僕も考えませんけどね」

まあ、怖がらせようとしても怖がらせられる程の筆力はないのだった。思うが儘《まま》に読者のモチベーションを操作誘導出来るならもっと名作が書けている。

「だから、淡々と話すのよ私も。いい、これから一つだけ嘘を言うから見破って」

試されているのか。

調子の好《よ》い編集は前に乗り出した。見破る気満々である。

僕はまあ、ただ聞こうと思った。変な話だというし、ならば愉《たの》しんで聞かなければなるまい。

「あのね、これは私の、とても仲の好い友人の体験談なのね」

木村さんは話し始めた。

その人は信用出来る人なんですかと編集が尋く。

話の腰を折るというが、まだ腰まで到ってもいない。嘘を見破りたくて仕様がないのだろう。

まあ黙って聞きなさいよと言った。

「信用出来るわよ。付き合いも長いし。今までに騙されたことなんかないわ」

「そうですか」

編集は口を尖《とが》らせて黙った。

「その人、私と同年代の女性なのね。同い年。その人は独身で、お父さんと二人暮らしだったのよね。そのお父さんがアルツハイマーか何かになっちゃって、それは苦労していたの。同じ境遇だから、その苦労はよく判るのよ。身体は丈夫なのに、色々と解らなくなっちゃうのって、大変なのね」

徘徊《はいかい》したりすんですかねと編集が言う。

「徘徊も大変だと思うけど――とにかく話が通じないのって辛《つら》い訳よね。まず、娘のことを忘れたり、自分が誰だか判らなくなったり、今がいつだか判らなくなったりするからね。夜中に突然、これから親戚《しんせき》が来るから寿司《すし》を取れとか言ったりするのよ。その親戚もずっと昔に死んでたりするんだけど、もうお寿司取るまで言い続けるの。夜中の三時に開いてる寿司屋なんかないって言っても、そんなことはないからって、自分で電話しようとするのよね。やめさせようとすると、お前は誰だとか」

「あらら」

「で、時に殴られたりもする訳よ。身体は丈夫だから。彼女も青痣《あおあざ》が絶えなかったみたいね。だって、年寄りといったって向こうは男で、片や娘といったって中年過ぎたお婆ちゃんだもの。暴力沙汰《ざた》になったら敵《かな》わないでしょうに」

そりゃ大変ですねえと編集が言う。完全に合いの手係である。

「うちも酷《ひど》かったけどねえ。で、彼女は病院に入れようとした訳ね。ところが、そういう人を受け入れてくれる病院って――これがないのよね。治療しても治癒する見込みがない訳だから。入院させたとしてもずっと入れておける訳じゃないし、そうなると病院じゃなくてそういうの専門の施設ということになるんだけど、これが何処も満室。順番待ちよ」

「はあ。多いんですかね」

「多いんじゃないの。高齢化社会だし。五人に一人は耄《ぼ》けるそうよ」

「そりゃ厭《いや》ですね」

編集は僕の方に顔を向けて口を歪《ゆが》ませた。どういう意思表示なのか計り兼ねる。

「あんまり酷い時は警察喚《よ》んだりもしたみたいだけどさあ。恒常的に暴力行為を働くような場合はね、そのまま強制的に施設に入れられちゃうこととなんかもあるみたいなんだけども、そうでもなかったみたいなのね。平時はとても温厚な人で、暴れることもないから、帰されちゃう訳よ」

「そりゃ益々《ますます》厭ですねえ」

「そうそう。益々厭なのよ。知らない人とは話も通じるのね。この間女房がどうした昨日は仕事がどうしたって、そういう話をするんだけども、知らない人にとってはまあそうですかって話じゃない？　でも、知ってる者にしてみれば話は別で、連れ合いはもうずっと昔に死んでるんだし、仕事だってもうしてない訳ね。三十年も前にリタイアしてるんだから」

「まあ、でも話を合わせておけばいいんじゃないんですか？」

「そうなんだけど、でもじゃあ女房を呼んでこいと言われたって困るじゃないのよ。出社するとか言い出したって困る訳。で、まあそういう無理な要求を拒むと暴れるんだから、処置なしでしょう」

処置ナシですねえと編集は心無い返事をする。君は上の空だなあと小声で言うと、そんなことありませんよと編集は答えた。

「深刻に捉《とら》えてますよ」

いいのよ他人《たにん》ごとだからと木村さんは微笑んだ。

「自分の身に降り掛かった時に深刻になればいいの。いちいち他人ごとで深刻になってたんじゃ身体《からだ》が幾つあったって足りないわよ。ま、自分の親だから仕方がないかと諦《あきら》めて、騙し騙し面倒見てた訳よ。暴れた時だけ何とかすればいいんだと考えて、ここは自分が我慢すればいいことだ、どうせそんなに長く生きないだろうって――」

そこで木村さんはふ、と真顔になった。

「冷たいようだけど、それって実感あるわよ。早く死んでくれとは思わないけど、いずれ死ぬんだと思わなくちゃやってられないのね。殺そうなんて絶対に思わないけど、誰かが殺してくれるならその人のことは赦《ゆる》してしまうかもしれない、くらいの気持ちにはなるの。介護ってさ、それ自体も辛いんだけど、問題なのはその辛さの終点が、介護対象の死という もっと辛い一点にしか求められなくって、そのうえその終点がいつ来るのか判らないというところにあるのよね。どっちにしたって良いことはない訳よ」

「まあねえ」

辛さを分かち合える者がいないという点も大きいのだろう。たとえいたとしても、均等に分かち合うことは不可能である。限界値は人に依《よ》って違うし、押し付け合うような恰好《かっこう》になることもあるだろう。押し付けてしまったところで罪悪感は付き纏《まと》う。

「まあ、その人はわりと楽天的な人なのね。だからまあ、辛抱してた訳よ。でもそのうち、近所迷惑になってきちゃったみたいで、そうなるとねえ」

「近所迷惑といいますと？」

「近所の家に上がり込んじゃうの。それで勝手に飲み喰《く》いしたり、物を壊したり、粗相したり。一度や二度ならさあ、菓子折りでも持ってって謝れば済むのかもしれないけども、何度も続くと、もう申し訳が立たないじゃない。それで、已《や》むを得ず出入り口に鍵《かぎ》を掛けて外出られないようにした訳。それって、監禁よね」

「そりゃあまあねえ。その人も仕事があるんでしょうしね」

「そうなのよ。どんなにやりくりしたってね、四六時中見張っている訳にはいかないでしょう。外出しないで生活は出来ないのね。仕事なくたって、買い物だってあるし、とにかく不可能なの。だから外から鍵を掛けて、中からは開かないようにしたのよね。これ、ちょっと人道的には許せない話ではあるんだけども、彼女にしてみれば精一杯だったのよ。幼児じゃないんだし、食べ物だってあるし、何日も閉じこめておく訳じゃないんだから――まあ、あんまり褒められた話じゃないんだけど、他に手がなかった訳ね」

まあ家には便所もありますしねえと編集が言う。

便所があればいいというものではないだろうに。

「朝出掛けて、夕方に戻ってみてもね、お父さんはぼーっと座ってたり、テレビ観てたり、寝てたりしたそうだから、やや安心もしたようなんだけど、そのうちにね、家の中が荒らされるようになったようなのね。独りで暴れてるっぽい感じで」

それは気が気ではないだろう。

物が壊れるくらいならいいが、本人が怪我をしてしまうこともある。そう言うと、まさにそれなのねと木村さんは言った。

「ある日、血だらけになってたみたいなのよ」

「それはまた――」

僕が想像していたのは骨折とか捻挫《ねんざ》とかそうしたものだった。流血となると転んだとかぶつけたとかいう程度の話ではない。

「額で洗面所の鏡を割ったようなのね。何がしたかったのかは解らないけど、額も割れちゃった訳。そのうえ破片を片づけようとしたらしくって、指やなんかも切っちゃったみたいなのね。だからもう、血だらけ。驚くでしょ、血だらけなんだから。だから慌てて病院に連れてって、事情を話して、とにかく一時的にでも入院させたのよ。その日は病院に泊まったようだけど、翌日は後片づけのために家に帰ってね、そして彼女、心底ほっとしたみたい。自分の家に独りでいるということが、これ程安心することだなんて思わなかったって——」

「はあ。まあそうでしょうなあ」

そう編集が心無い返事をしたその時、がたがたと廊下の方のガラス戸が鳴った。

「あれえ、ワンちゃんが——」

コラッと木村さんが大声を出した。

「ハウス！　ハウスッ」

その声に反応して、何かがすっとガラス戸の向こうを過《よぎ》った。

下の方は曇りガラスになっているからよく判らなかったが、それなりに大きい。犬とするなら大型犬である。

「大きいですねえ。お腹空《す》いてるんじゃないすか」

「そんな訳ないのよ。お腹なんか空く訳ないの。だから躾けの問題ね」

木村さんはまた同じようなことを言った。

「それで、慥《たし》か一週間くらいは入院させるってことになって、かなり安心した訳。彼女も。久し振りにリラックスして、よく寝られたそうなんだけど、四日目くらいに病院から連絡があったそうなのよ」

「抜け出した――んでしょうか」

「そう。正確には抜け出したんじゃなくて、退院しちゃったのよ。自分で手続きとかして。傷はそれ程でもなくて、普通なら入院の必要なんかない状態だった訳で、ただ高齢のため大事を取って入院――というのが、病院側の表向きの理由、というか、体面上そうなっていただけな訳よね。だから、本人がもう平気だから帰ると言えば止める理由もそんなになくて」

「いや、それは無責任じゃないですか。体面上はどうであれ事情は話していたんでしょうし、入院費の支払いだってあるだろうし、家族に連絡くらいするでしょう」

「したのよ、だから。お父さんはこう言っていますがどうしましょう、という電話だった訳ね。で、大至急行くから引き止めておいてくれと言って、彼女、慌てて病院に行ったのね。で、本人と会って――もうすっかり帰り支度してたみたいなんだけども、それで仕方ないから退院を認めて、精算をしている間に、いなくなっちゃった訳ね」

「ああ」

それでは病院側の責任は問えないだろう。

ベッドから抜け出したという訳ではないのである。

「警察に連絡したのね。まあ、当然だと思うけど。でも、警察だってそれだけじゃあ大したことは出来ないじゃない？　何百人態勢で捜索とか、あり得ないのよ。まあ、捜索はしてくれるんだろうけど、巡回パトロールを増やして気をつけるって程度よね。彼女は病院を中心にかなりあちこち捜し回ったようだけど、捜す相手も移動してる訳で、一人じゃ難しいでしょう。看護師さんなんかも院内や敷地の周辺なんかを捜してくれたみたいなんだけども、見つからなくって」

「それで——どうなりました」

「三日後に発見された。自宅の側の用水路に落ちて、まあ——死んでいたのよね」

「あらら」

「見つけたのはお巡りさんだったみたい。当然、色々とあったようだけど、捜索願も出ていたし、お父さんの状態も、彼女の事情もある程度は判っていたから、結局事件性はなしと判断されたみたいね」

まあ間違いなく事故でしょうと編集は言う。

「そうなんだけど、穿《うが》った見方をする人というのはいるのよ。介護が辛かったから殺したんだろう的なことは平気で言うのよ、他人は。で、本人も少しはそういう負い目があるの。少しというか、かなりある訳よ、実際に死なれちゃうと。普通に身内が死んだって悲しい訳でしょ。悲しいというか、大いに思うところはある訳じゃない。それが、少しでも自分の責任だなんてことになれば」

「いやー、その人の責任じゃないすよ。ねえ」

編集は僕に同意を求めた。ただ、首肯《うなず》くことは出来なかった。

「責任が全くないとは言えないだろう。世の中、責任逃れする奴が多いだろ。あれはつまり、責任を感じているからこその発言さ。あんなに小狡《こずる》そうな人達がこぞって言い訳をしているんだよ。つまり、多かれ少なかれ責任を感じてはいるんだ、あの悪賢い人達もさ。況《まし》て善良な小市民だったら、全く責任がなくたって、大いに負い目を感じてしまうだろうよ。それに、この場合は感じるなという方が難しいと思うよ」

全くその通りねと木村さんは言った。

「窓口で支払いをしている時に目を離さなければ、いや、毎日病院に泊まり込んでいさえすれば、いや、入院なんかさせなければ、それ以前に独りにさせなければ、そんなことにはならなかった訳だから。思うところは大いにあるのよね。それに、最大限努力していて、最善を尽くしていたのだとしても、死んでしまったという結果は歴然としてある訳ね。死んでしまった以上は、もう遣り直しは利かないんだから。そこは落ち込むなという方が無理よねえ」

落ち込みましたかあと編集は応《こた》えた。

何という反応だろうか。

まあ、この男はいつもこんななのだが。木村さんも馴《な》れているらしく、落ち込んだのよねえと返した。

「でもさあ、お葬式をしないって訳にはいかないでしょうに。だからまあ一通り手続きをして、お葬式出して、お墓に入れてね、でもって仏壇に位牌《いはい》を置いて、よ。それで一息吐《つ》いてね。ほら、忙しくしてる間は余計なことも考えない訳だけども、その後に落ち込んだ訳ね。悲しいとか淋《さび》しいとかいうのじゃなくて、ただ、ひたすらに落ち込んだのよ。そういう状態だと思ってね」

「はあ」

「いい？　これまでは落語だと枕なのよね」

「長いすね」

黙って聞けよと言った。

これからが──変になるのだろう。

しかし編集は何故《なぜ》かにやついて、出ましたか、と言った。

「出たって──何がだよ。どうして茶々を入れるんだよ君は」

「いやあ、だって最初に怪談だと言ったじゃないですか木村さんは」

「違うよ。あいつやあいつが聞いたら怪談にしちゃう、というような言い方だっただろう。だから怪談じゃないんだよ。出たって──幽霊が出たとかいうなら、それは月並みじゃないか。当たり前だよ。謂《いわ》れなき罪の意識に呵《さい》まれた人が死者の姿を見てしまうというのは、寧《むし》ろ常套《じょうとう》じゃないか」

「常套なのね」

木村さんはそう言った。

「はあ。じゃあ」

「まあ――そうだと思ったんだわね、最初は。彼女もね、そういう意味では、何というか、普通なの。あなたみたいに何でもかんでもすぱっと割り切れる程にさばけてはいないの。だから幽霊くらい出るかもとは思っている訳。一方で、そんなものはいる訳ないとも思ってるのよ。でもね、まあ」

落ち込んでますからねえと編集が言う。

「そうなのね。だから、怖いとかそういうのじゃなくて、気の迷いというか、自分がおかしくなっちゃったんじゃないかとは思ったようよ。最初はね」

「最初って」

「窓からお父さんが覗《のぞ》いてたのよ」

うわあ、と編集は口をヒン曲げた。

「ほら出たじゃないですか」

「いいから君は黙ってくれよ。そうなんですか？」

「そう――って、彼女は今言ったような精神状態だったから、きゃあ幽霊だあ、なんてことはなくて、まず驚いて、それから己を疑った訳なのね。それはまあ、極めて正常な反応だと思うけども」

「で？」

「ええ。覗いてるのよ。何度見ても」

「お父さんが——ですか？」

「そう。でも、夜中とかじゃなくて、午後二時くらいだったそうだけども」

真っ昼間、と編集が変なところから声を出した。

「凄《すご》いすねえ。珍しくないですか」

「珍しいことはないよ。幽霊なんてものは存在しないんだから、視《み》る人次第だよ。決まりなんてないからどんなんでもありだ。朝だろうが昼だろうが、視える時は視えるだろうさ」

「そうなのよね、きっと。で、彼女は仏間に走り込んで、鈴《りん》を鳴らして手を合わせてお祈りした訳ね。まあ、本物だとしたらそうするよりないのだろうし、気の迷いだとしても、そうすることで落ち着くと思ったみたいね。それで三十分くらいお祈りして、それで恐々《こわごわ》戻ってみたら」

「消えてた？」

「いたのね」

「あれ」

「全然消えてなくて。こう、無表情で、ただ部屋の中を凝乎《じっ》と見ているんだって、お父さん。もう混乱するわよね。だからその日はもうカーテン閉めて、震えて寝たらしいんだけども——翌日の朝になったらいなくなってたみたい」

「いや、そりゃそうでしょう。それが変な話ですね？」

「違うのよ。それで、まあ不穏な感じではあったんだけども、とりあえず何もしない訳にもいかないから買い物に行って、戻って来たら——立ってたのね、家の前に」

「お父さんが？」

「お父さんが。死んでた時と同じ服装で」

「恨めしい感じでですか？」

「そうじゃなくて、ただ立ってたみたい。普通に」

「そ、その時間帯は？」

「だから、昼前よ。午前中。道の端に突っ立ってる訳ね、焼いて骨にして、つい何日か前に納骨も済ませたお父さんが。これ、自分は愈々《いよいよ》気がおかしくなったのか、それとも幽霊とはこういうものかと、まあそう思っちゃうでしょうよ誰だって。でも、そんな訳はない、このままじゃ自分は駄目になると、そうも思ったんだそうよ」

「まあ、そうとう神経をやられている、と」

「そうよねえ。だからこれはきっと錯覚だと彼女は思い直した。いいや、幽霊がこんな真っ昼間に出る訳もない。単に似た人が立ってるだけじゃないのか——と、そう考えたのね。だって、足がこう、暈《ぼや》けてるとかさ、そういうことはない訳よ。影もある。ちゃんといる、存在してる訳。なら幽霊じゃないでしょうに」

「ないですか？」

編集は僕に振る。

「いや、影込みで幻覚ということもあるから一概には何とも言えないよ」

「だそうですが」

「まあ、何度も言うけどあなた程さばけてないのよ、一般の人は。でもそれなりに努力はする訳よ。日常を取り戻そうとね。だから、似た人。いたっておかしくないでしょう似た人なら」

「そうですけど、いますかねえ？」

「そうとでも思わなきゃ、完全に自分が狂ってるということになっちゃうんだから、そこはまずそう思うでしょうよ。で、彼女は話し掛けてみた訳よね。何か御用ですか、って。だって玄関の前に立ってるんだからそのくらいのことを尋いてもいいでしょうに」

いいですと編集は答えた。

「普通は尋きますよ。怪しいですからね」

「そうね。似た人だとしても怪しい訳よね。というか、その方が本当は怖かったりする訳だけれど――だって知らない人ってことになるんだから。でも、その時はとにかく幽霊ではないんだということを証明したい気持ちでいっぱいな訳ね。だから――不用意に話し掛けた訳よね、彼女」

「そしたら？」

木村さんは何か言いかけて、そして言葉を呑《の》んだ。それから慎重に言い直した。

「名前を呼ばれたんだって」

「名前ですか？　その人の？」

「そうね。まあ、結論から言うけど、それは本当にお父さんだった訳よ」

「はあ？　じゃあ死んでたのは誰ですか。知らん人の死体を焼いて供養して墓に入れたんですか」

「そんな訳ないじゃない。死んでたのはお父さんよ」

「じゃあ立ってたのは誰なんですか」

だからお父さんなのよと木村さんは言った。

「どういうことです？」

「だから言ったでしょ。変な話なの。で、お父さんは急に顔をくしゃくしゃにして、何か小声で喚《わめ》きながら走ってどっか行っちゃったんだって」

「く、狂ってませんか？」

「狂ってるわね。狂ってるというより、死んでるのよ？　だから根本からして当たり前の話じゃないわよね。なら狂ってるもまともも、何もないのよ。でもね、走り去るお父さんを通行人が怪訝《けげん》そうに見てたそうだから、それは幻覚や何かじゃない訳。他の人にも見えてるし、だからちゃんと存在はしてた訳なの。どうにも理屈が通らない。まるで狐に抓《つま》まれたみたいな話よ」

狐じゃないですかと僕は言った。

「例えば『遠野物語《とおのものがたり》』なんかにも死んだ父親が夜な夜な戻って来て、一緒に行こうと娘を誘うような話がありますけどね。同じような話が複数載ってますが、そのうち幾つかは狐の悪戯《いたずら》だったりしますよ」

莫迦《ばか》ねえと木村さんは笑った。

「幽霊より狐の方が現実的だとでも言う訳？　どっちかと言うと幽霊の方がまだ現代社会では信じられてるっぽくない？」

「狐の方が解釈が平和だと言ってるだけですよ」

「それだけの話なら、まあ解釈の問題なのかもしれないんだけどね、それだけで済まなかったからもう解釈なんかどうでも良いのね、この場合。でもまあ、狐がコンコン化けてたという結末がつくならその方が平和といえば平和かもしれないけど——それはないわよ。ないの」

「ないですか」

いないもの狐と木村さんは言う。

「田舎《いなか》の山とかじゃないの、狐が棲息《せいそく》してるのって。こんな都会にもいるの？　北海道《ほっかいどう》とかならキタキツネとかいるのかしらね？　キタキツネは化ける？」

「知りません」

「そうだとしてもいないわよ。神奈川《かながわ》にはいないと思うわ。いても町中《まちなか》にはいない。いや、いても——」

化かしませんよと言った。

「獣ですから、ただの。前言は撤回します。解釈の必要はないのですね？」

「ないのよ。何故なら、その日の夕方よ。彼女は茶の間で仮寝《うたたね》してたの。そしたら戸を叩く音がして目が覚めた。夕方の六時頃だったそうだから、まだ明るいわ。初夏のことだし。で、まあ目を擦《こす》りながら出てみたの。チャイムを鳴らさずにノックするなんて変な人だなと思いながらね。そしてドアを開けたら、お父さんが立ってたんだって」

ただいま。

お父さんはそう言ったのだそうだ。

額の傷もなく、窶《やつ》れてもおらず、普通に健康そうだったという。

あまりにも普通だったので、その人はつい、おかえりなさいと言ってしまったのだそうだ。

「おかしいでしょう。死人に、おかえりなさいもないもんじゃない。だっておかえりなさいよ？　どうなのよそれって」

「まあねえ。他に言い様もないでしょうけど」

「そうなのよね。で、そう受け答えした時点で、もう別に、怖いとか、そういう感情はすっ飛んじゃったみたいなのね。でもどうしたらいいか判らないでしょ。だから、まあただ突っ立ってたのよね、彼女も。そしたらお父さん、彼女をこう、除《よ》けて、サンダルも脱いで、上がって来た訳ね、家の中に」

「除けて、というのは触ったということですか？」

「触った——んだわね。で、そのまま自分の部屋に行って、布団《ふとん》敷いて寝ちゃった」

「死人がですか？」

「死人が、よ。こんな莫迦げた話は聞いたことがないわよね」

「その人はどうしたんです？」

「どうも出来ないでしょう。どうするのよ。警察喚ぶ？　喚んでどうするの？　すいません死んだ父が帰って来たんですけども逮捕してくださいって言う？　それとも保健所に駆除でも頼む？　それとも葬儀屋かしら。お坊さんかしら。お葬式挙げ直してください、どうも成仏してませんとか言う？　そうじゃなければ霊能者かしら。でもお祓《はら》いで消えるものかしらね、サンダル履いてやって来て、布団敷いて寝てるのよ？」

「うーむ」

編集は頰《ほお》を膨らませて唸《うな》った。

「それで——」

僕は問う。

「そのお父さんはその後どうしたんでしょう。何処かに行ってしまったのか、消えてしまったのか」

「何処にも」

行かないのよと木村さんは言った。

「ずっといるみたいよ。何処かに」

「何処かにとは」

「あのね、家の中を徘徊して、偶《たま》に外にも出るみたいね。でも、まあ悪いことはあんまりしないようよ。お風呂《ふろ》なんか入らないし、それでそこら中べたべた触るから、何だか不潔な感じではあるし——外から戻った時なんかは玄関が土で汚れてるのね。それから時たま妙なことはするみたい。トイレットペーパーを全部引き出したり、下駄箱の靴を浴槽に移したり、天井裏に上ったり——まあ、奇行よね。耄けてた頃はそういうことはしなかったみたいだけど、死んでからはそういうの専門みたいよ。トイレの戸を開けたら便座の上に立ってて吃驚《びっくり》したとか、そういうことはあるみたいだけど」

「うわあ。でも、そういうこと以外に実害は——ない？」

「そうねえ。外に出ても家の周り一周して戻って来たりする程度で、他人の家に入り込んだりすることはないみたいね。だから実害はない——というか、どうなのよこの話」

「どうなのよって、それまでと変わらないってことですか」

「変わってるわ。同じということはないのよ。だって死んでるんだから」

「腐るとか？」

ゾンビじゃないのよと木村さんは言う。

「ゾンビだったら齧《かじ》られちゃうじゃないの。死んでるけど、屍体《したい》じゃないのよ」

「どうなんですかそれ」

だから尋いているのと木村さんは言う。

「新陳代謝はしてないみたいだから、服もそんなに汚れない。何も食べないし、排泄《はいせつ》もしない。でも腐ったりもしないの。言葉は喋るけど、あまり意味は成してなくて、だから意思の疎通は出来なくて、何も考えてないみたいで、暴れたりはしないけどじっとしてもいないのよ。家の中をうろうろしてるのね」

「それ――」

編集は悩ましげな顔をした。

「でも、亡くなる前よりは楽だ、ということですかねえ？」

「そりゃ楽なんじゃないの？　食事の支度もしなくていいし、下《しも》の世話もないし。監禁したって罪悪感はないわよ、死んでるんだから。まあ、近所の人が見たら吃驚《びっくり》はするだろうけど、それこそ見間違いってことになるでしょ。死亡届も出てるし、火葬にもしてるし、だから年金詐取的な話でもないし、保険金も掛けてなかったから保険金詐欺でもないし、死亡偽装とかでもないのよ。確実に死んでいるけど――ちゃんといるの」

「僕には理解出来ませんなあ」

私にだって出来ないわと木村さんは言う。

「さあ、これで話は終わり。さ。私はひとつだけ嘘を吐《つ》いたけど、それはいったいどの部分でしょう」

「簡単ですな」

編集は小さく手を挙げた。

「そのお父さん、死んでないでしょ。ドブに嵌《は》まって、それから人が変わっちゃったみたいに温順《おとな》しくなったという、そういう話じゃないですかね。それだけで、あり得ない話はほとんどなくなりますよ。まあご飯食べないとかトイレ行かないとかいうのはですね。その」

私は話を盛らないって言ったじゃないと木村さんは言った。

「いや、でも他に考えられませんよ。食が細くなったとか便秘してるとか、そういう話でしょ、実際は。でも、それはそれで不思議な話ですよ。で、まあ聞く人が聞けば怪談になりますよ」

「はずれ」

木村さんは北叟笑《ほくそえ》んだ。

「どう？」

そうか。

「ひとつお尋きします。その死んだお父さんですが、娘さん以外にもちゃんと見えるんですね？」

「勿論見えるわよ。ちゃんと物理的に存在してるんだもの」

「木村さん、あなたも——見たことがありますね？」

え、え、見たんですかと編集が騒いだ。

「見たわ」

「お父さんでしたか」

「そうね。お葬式にも行ったけど、同じ顔だったわ。遺影と」

「そうですか」

なる程。

「あなたの吐いたたったひとつの嘘——それは、とても仲の好い友人の話——という部分じゃないんですかね」

それはどういうことですかと編集が尋く。

「ホントは仲が悪いとか？　え？」

「これ、あなた自身の話ですよね、木村さん」

木村さんは答えなかった。

ただ、笑っただけだった。

「あなたはあなたと同年代だし、あなたの気持ちはあなたが一番よく解る。あなたはお葬式にも当然出ているし、ならば勿論その目で見ている筈《はず》ですよね」

亡くなったお父さんを。

「どうして——そう思うの」

「思うというよりですね、木村さん。玄関には男物の草臥《くたび》れたサンダルが一足ありましたよ」

「父の遺品よ。捨て難《にく》くって」

「それは捨てづらいでしょう。まだ使っているんだから」

そう言った時、またガタガタとガラス戸が鳴った。

「ハウスッ」

木村さんが厳しく言う。

そう。早く帰って欲しいのだろう。

冥府《ハウス》に。

ガラス戸越しに覗いた、四つんばいのその影の、曖昧《あいまい》な輪郭の顔のところは、どう見たって犬なんかじゃなくて、壁に掛けてあるお父さんの写真とそっくりに、僕には見えたのだった。

気の所為《せい》かもしれないけれど。

リアル

あまり夢は見ない方である。

そもそもショートスリーパーだということもあるのだろうが、寝る時は概《おおむ》ねへとへとになっているから、無闇矢鱈《やたら》と寝付きが良いというのもあるだろう。床に入るや否やすぐに眠ってしまう。寝起きも良い。一瞬で起床する。起きようと思った時間には、まず目覚める。鳴る前に必ず起きるので目覚まし時計の音を聞いたことがない程である。

では全く夢を見ないのかといえば、そんなことはない。思うに見てはいるのだ。覚醒《かくせい》の切り替えが速いので、見ているのに覚えていないのだろう。願望夢とか、記憶を整理するための夢のようなものは何となく覚えている気がする。仕事がきつい時などは、仕事をしている夢を見る。貧乏性なのだ。限界まで仕事をして、寝ている間も仕事の夢を見て、起きるなりインターバルなしで仕事をするのだから、半ば強迫神経障碍《しょうがい》のようなものである。それなら寧《むし》ろ何も見ない――というより覚えていない――方がマシだ。

見ないのでも覚えていないのでもなく、忘れようとしているのかもしれない。

それでも。

覚えている夢もない訳ではない。

幼い頃、繰り返し見る夢があって、それは覚えている。何度も見たから覚えているのだろう。と――いうよりも、いつの頃からか、見ている最中《さいちゅう》にまたこの夢かと思っていたような節がある。

夢の反復を意識したのは、多分六歳くらいのことだったと思う。覚えている限り、その夢の最古の記憶は四歳くらいのもので、つまり二年程で同じ夢だと認識したということになる。もっと前から見ていたのかもしれないが、明瞭《めいりょう》ではない。でも、見ていたのだろう。とはいうものの、毎日見るとか、毎週見るとか、そういう頻度ではない。精々年に数度というところだったろう。

どうもその夢は、発熱している時に見るのだ。

そこに気付いたのは更に後のことで、既《すで》に十歳を超していたと思う。

その時、僕は流行性耳下腺炎《じかせんえん》に罹《かか》っていた。俗に謂《い》うおたふく風邪である。二三日熱が下がらず、幾度かその夢を見た。そして僕は、前回見た時も感冒に罹患《りかん》していたということに思い至ったのである。次に発熱した時にも矢張《やは》り同じ夢を見たならこれは間違いなかろうと考えたのだ。とはいえ、発熱なんぞというものは自在に出来るものではない。だから確信したのは更に後、次に風邪をひいた時のことである。

それは、崩れる夢である。

何かを堆《うずたか》く積み上げて、それが崩れるのである。

何かを積んでいる僕は天辺《てっぺん》にいる訳だから、当然落下する。

つまり、所謂《いわゆる》落ちる夢——なのだろう。

でも、自分が落下するというよりも、何かが崩壊するという印象の方が強い。何かというのは、石のようでもあり、そうでないようにも思う。積んでいるのではなく、攀《よ》じ登っているような時もあったと思う。積んだり登ったりしているのは、アントニオ・ガウディのサグラダ・ファミリアのような尖《とが》ったもので、ディテールもあんな感じだったと思う。その辺は同じなのだが、細部というか全体というか、まあ夢であるから色々といい加減なのである。

熱に浮かされて見る夢なのだから、まあ悪夢ではあるだろう。

でも、発熱に伴う夢と気付いてからは、別に何とも思わなくなった。大体、予測が出来るのだ。見るだろうと思って見る夢など夢の内には入らない。中学生くらいになるともう見なくなっていたと思う。ただ、見たという記憶だけは残っていた。

それは、考えようによっては妙な記憶である。

僕は高所恐怖症ではないが、高い処《ところ》に登ることは好まない。運動能力がポンコツなので落ちる可能性が極めて高いからだ。落ちれば痛いだろうし、時に怪我もするだろうから——実際、落ちたこともあるのだ——高所作業は忌避する傾向にある。そんな、尖った岩場のようなものに好きこのんで登る訳がない。

それなのに、記憶がある。

これは嘘の記憶である。

勿論《もちろん》、夢であるという括弧《かっこ》付きの記憶なのだから、余程混乱でもしていない限り実体験の記憶と取り違えるようなことはないのだけれど、それでもそれは、印象の薄い実体験の記憶などよりもずっと濃い記憶ではある。体感まである。

そう、夢は見るだけではない。聞こえるし嗅《か》げるし触《さわ》れる。味だってある。

その崩れる夢は、シチュエーションなんかはその時々でまちまちだったように思うのだが、崩壊する時の体感は常に一緒だったと思う。だからこそ幼い僕は同じ夢だと認識していたのだ。つまり、まず体感ありきで、それ以外の諸々《もろもろ》はその体感を担保するための手続きとして構築された虚構だった、ということなのだろう。尖った高い何かというのも、そのために拵《こしら》えられた装置なのだ。だから落っこちさえすれば、細かいことはどうでもいいのである。

それでもまあ、そういう記憶——いや、それは記憶ではなく、同じ感覚を繰り返し脳内再生したという記憶とすべきなのだろうけれど——は、忘却されることなく、今もある。その夢を見なくなってもう四十年近くになると思うが、それでもちゃんとある。

登ったことのない高みから落っこちた、その体感だけはあるということになる。

冷静に考えると、とても奇妙だ。

夢だとしても、熱の所為《せい》だとしても、脳内ででっちあげられた嘘だとしても、覚えてはいるのだ。

それはもう、実体験の記憶と同等のものである。実体験ではないという貼り紙がしてあるだけで、データの質としては全く同じだろう。貼り紙が剝《は》がれてしまえば、もう区別はつくまい。

このままどんどん老いて僕の脳の機能が衰えて行くならば、その時はどうなるか判ったものではない。夢も現実も綯《な》い交《ま》ぜになってしまうかもしれない。それはそれで幸福なのかもしれないけれど、周囲の人はさぞや迷惑だろう。

最近は、そんなことをつらつらと思う。

もうひとつ、よく覚えている夢がある。

こちらは、何度も見た訳ではない。見たのは一度きりである。

しかも、その夢を見たのは三十年から前のことである。

三十年前のことなど、実体験であってもそう鮮明には覚えていない。忘れてはいないまでも、細部は曖昧《あいまい》になっているし、時系列も不正確になっているし、時に誇張されたり省略されたり混ざったり入れ違ったりもしてしまうものである。主観というのは厄介なもので、記憶のようにどうにでもなるものは何でもかんでも都合良く改竄《かいざん》してしまうものなのだ。都合の悪いことは隠蔽《いんぺい》されたり読み替えられたりもしてしまう。

僕は、なるべくものごとは正確に覚えておきたいという、それはそれで難儀な性質なものだから、そうした主観による改竄なんかは激しく嫌うのだけれど、どれ程心掛けていたところで限界はあるのだ。

どうであれ、三十年前のことを明確に、そして正確に、しかも詳細に思い出せと言われても、まあ困ることの方が多いだろう。

でも。

どういう訳かその夢は、明確に、正確に、そして詳細に覚えている。

見た年月日なんかは、逆によく覚えていない。寒い時季ではなかった——多分、梅雨時だった——ということは確かだと思う。見た場所は前の前に住んでいた賃貸マンションで、それは間違いないと思うから、まあ三十年以上は前のことなのである。

その当時、僕は勤め人で、しかもそこはかなりハードな勤務体制の会社だった。今なら間違いなくブラック企業と謂われてしまうだろう。でも、その頃はそういう意識をあまり持っていなかった。

勿論しんどかったのだけれど、生活のためには仕方がないというような諦観《ていかん》があったのか、何かを犠牲にしても職務をこなすのだという在り方に疑問を持っていなかったのか、それとも何か意地でも張っていたのか——どれも違うように思うのだけれど——とにかく二十代の僕は、正に身を粉《こ》にして働いていたのだ。

現在なら社畜と誹《そし》られそうな具合なのだが、そういう意識もなかった。

今思えばワーカホリックのような状態だったのかもしれないのだが、働くことが快感だったかと問われれば答えは否だし、じゃあ強迫的な義務感でも持っていたのかと問われれば、それも否なのである。鯔《とど》の詰まりはただの貧乏性だったように思う。

それなら、今も変わっていない。

その時も、僕はかなり疲弊していた。

ひと月くらい休みなしで働いて、久し振りの休日だった——と思う。

伴侶《はんりょ》は不在だった。共働きだったのだ。

つまりその日は平日だったということになる。思うに代休だったのだろう。本を読んだり、本棚の整理をしたり——僕は時間が空いたってそのくらいしかすることがないのだ。今もそうだから、間違いなくその日もそうだった筈《はず》だ。疲れていたのだから、わざわざ便所掃除だの洗濯だのをする訳もないのだ。食器くらい洗ったりはしたかもしれないが、やっぱり本を読んでいたのだと思う。小説か、漫画だったかもしれない。

夢は鮮明に覚えているのに、その前後が朦朧《もうろう》としている。

午後五時を過ぎたくらいに、僕はソファーで仮寝《うたたね》をしてしまった。

そして夢を見たのだ。

閑静な住宅地である。築十年くらいの一戸建ての庭に、僕はいる。

足の下は土だった。敷いていた芝生が枯れてしまったかしたのだろう。枯れた草が疎《まば》らにあって、隅の方には雑草が生えている。低木が三本、少し大きめの花水木の樹が一本。よくある三枚扉の合金物置が一つ。その扉は少しだけ開いていて、中には棚のようなものがあり、バケツやら何やらが入れられている。何も育っていないプランターが三つ。錆《さ》びた三輪車が一台。隣家との境はブロック塀で、道路側は黒いフェンスだ。

大きくも小さくもない。

手入れはされていないが、荒れているという感じでもない。

所謂、庭だ。どこにでもある、何の変哲もない、庭だ。

僕はそこに突っ立っている。

縁側がある。縁側には室内履きらしきベージュの布張りスリッパが一足。揃えられてはおらず、慌てて脱いだように片方が裏返っている。

雨戸は全開で、カーテンも全開で、サッシュも半端に開いている。

家の中は薄暗いが、丸見えだ。

居間なのだろう。十畳くらいのフローリングで、中央に地味で毛足が短いカーペットが布《し》かれていて、その上には小振りなテーブルがある。天板は黒の化粧板で、脚は円柱状のステンレスである。センターにレースの円い敷物が敷いてあり、その上に小さな花瓶が置かれている。花瓶には貧弱な霞草《かすみそう》が挿してある。花瓶の横にはマグカップが置かれ、テーブルの下には畳んだ新聞――たぶんスポーツ新聞――が一部投げ出してある。

向かって右側には薄緑の布張りソファー。手作りらしいカバーがかけられたクッションが二個。ソファーの後ろには大きめの食器棚らしきものが窺《うかが》えるが、角度的にはよく見えない。食器棚ではなくコレクションボードのようなものかもしれない。

その先はキッチンなのだろう。

ドアはなく、今はあまり見かけなくなった玉暖簾《たまのれん》が掛けられている。

左側には黒いサイドボードのようなものがあって、上にはテレビが置いてある。画面の比率は四対三で、メーカーはＳＯＮＹだ。今のような薄型はまだなくて、インチが大きくなると奥行きもかなりあるから、前の方に大分せり出している。テレビには競馬中継が映っている。サイドボードの中には、なにやらごちゃごちゃと並んでいるが、ガラスが反射してよく見えない。

廊下に出るドアも開いている。ドアの横の壁には状差しが掛けてあって、葉書が差してある。真正面の壁にはポスター型のカレンダーが貼ってある。絵柄は滝平《たきだいら》二郎《じろう》の切り絵で、下の方には何か文字が印刷してある。遠くて読めないのだが、店舗名と住所のようだ。信用金庫か何かのカレンダーなのだろう。

斯《かく》の如くに、僕はその夢を詳細に覚えている。絵に描くこともできる。

問題なのは。

僕はそんな家には行ったことがないということである。

まあ、よくある家だろう。凡《すべ》ては想像の範囲内である。見たことも聞いたこともないような、想像を絶するような、そういう突飛な景色ではまったくない。

極めて凡庸だ。凡庸だが、知らない家だ。とはいうものの夢である。

夢なのだから、いずれにしてもそれは僕の脳内の記憶の断片を組み合わせて作られた虚構の家なのだろう。それらしい、一般的なモデルを、僕の無意識が、僕の脳のバンク映像からチョイスして構築した、ステレオタイプな建物であり調度なのだ。

いや、そうなのだろうけれど、夢ならばもっといい加減でいいのではないか。

夢というのはもっと奇天烈《きてれつ》なものだろう。時間も空間も歪《ゆが》みまくりで、脈絡も整合性もないのが普通なんじゃないのだろうか。慥《たし》かに僕は夢をあまり見ない。とはいうものの、まったく見ない訳ではないから、僕だってそういう変梃《へんてこ》な夢は見ている。覚えてはいないけれど見ているのだろう。人から聞く夢の話は、もっとずっと滅茶苦茶《めちゃくちゃ》だ。悪夢だろうが淫夢《いんむ》だろうが、笑える夢だろうが、それはもう支離滅裂なものだ。

そういうところはひとつもない。

僕はただ見知らぬ他人の家の庭に突っ立っていて、周囲を見廻《みまわ》しているだけだ。

道を通る人がいる。

その度に、僕は顔を背ける。

びくびくしているのである。不法侵入しているということなのか。

そうではないのである。僕はその家に行ったことなどないのだが、夢の中の僕はその家のことをよく知っているのである。間取りも、トイレットペーパーホルダーのカバーの模様も、階段の踏み板の木目の柄も、二階の寝室にあるベッドの形まで、夢の中の僕は熟知している。

繰り返すけれど、そこは僕の知らない家である。

でも、知っているのだ。夢だからだ。

そして僕は怯《おび》えている。

そう――。

僕が何よりもはっきりと記憶しているのは、そうした情景やら設定やらではなく、夢の中の僕の気持ちなのである。

――取り返しがつかない。

夢の中の僕はそう思い始める。

――もう、遣《や》り直しは利かない。絶対に後戻りも出来ない。ああ。

どうしようどうしようこんなことをしている場合じゃないいいやそうではなくて。

後悔というより絶望、いやもう恐怖に近い。

夢の中の僕は、そんなどうしようもない塊を胸に抱いている。

僕は、あまり後悔はしない。

当然、しまった、やっちまった――というような状況に見舞われることもままある訳だけれど、そういう場合も被害を最小限に食い止《と》めるようにするか、あるいは別の何かで補塡《ほてん》しようとするか、とにかく何か講じる手を考える方が先だ。で、まあどうしようもない時は潔く諦《あきら》める。どうしようもないものはどうしようもないのだから、これは仕方がない。失敗から学び、次に活《い》かすしかない。そういう性質なのだ。

夢の中の僕も、まあ僕ではある訳で、その辺のモチベーションは同じである。

だからまあ同じように対処法なりを考えた筈なのだ。けれども、あまりにも対処不能な状況なので、どうやらフリーズしているのである。

ほんとうに、本気で取り返しがつかないと、夢の中の僕は思い続けているのだ。そして、じゃあきっぱり諦めようという心持ちにも、夢の中の僕はなれないでいる。諦めてどうする、という話だからだ。

夢の中の僕は——。

どうやら、人を殺してしまったらしいのだった。

この場合、まあ警察を呼ぶなり、交番に自首するなりするのが、当たり前の行動だろう。迷う必要はない。

そうしないなら——まあ、逃げるとか、死体を隠すとか——何らかの事後工作をして罪を逃れようとするという選択肢もないではない。それは考えるまでもなく反社会的行動ではあるのだが、そうする者もまた多くいるのだろう。

僕はどうなのか。

僕は遵法《じゅんぽう》を旨とすることに何ら疑いを持たない。悪法であろうとも法律なら従う。悪い法律は変えるべきだと当然思うが、変えるなら変えるでそれなりに手続きが必要なのだから、変えたいならその手続きを踏むべきだろうし、悪法だから護《まも》らなくていいなどという理屈は成り立たない。文句くらいは言うが、法を犯すという選択肢は、僕にはない。法を護らなくていいのなら、悪法だろうと何だろうと変えることはないということになるし、変えるためには、たとえ悪法であっても従っておくべきだろう。従っていれば堂々と文句が言える。

一方、どんなに駄目な法律でも護らなければ罰則が待っているのだ。

かといって法の網を潜《くぐ》るようなセコいことをするのも性に合わない。

もし僕が過って人を殺してしまったなら、何の迷いもなく司直に身を委《ゆだ》ねるだろう。

それなのに、何故《なぜ》夢の中の僕はこんなにおどおどとしているのか。

同じ僕なのに。

どうやら死体は二階の寝室にあるらしい。

どうやって殺害したのか、何故そんな犯罪行為に手を染めたのかは判らない。

自分でしたのに判らない。判る筈もないのである。その世界は、殺した後から始まっているのだ。

まあ、何か深刻な理由があったのだろう。そうでないなら過失だろうか。衝動的な行動なのか。計画的なのか。狼狽《ろうばい》振りから察するに、理由はともかく衝動的な犯行としか思えない。

何を迷っているのか。

どうも、殺したのは一人ではないようだった。僕は、夢の中の僕は、この家の人をもう一人殺しているようなのだ。しかも、数年前に。その時僕は——夢の中の数年前の僕は——この。

この庭に死体を埋めたようだった。

ああ、埋めたのだ。

て。

今日バレるか、明日露見するかと思い続け、それでも一年が経ち、二年が経ち、そして。

また殺してしまった。

さあどうしよう。

そういう状況らしい。

夢の中の僕は一度に色々なことを考えている。自首しても、埋めた死体が発見されればおしまいだろう。無期か、死刑か、量刑が軽い訳はない。でも埋めた分が見付からなければどうだろうか。ならば自首した方がいいに決まっている。こうして庭で呆《ほう》けている間に、もう数人の通行人が僕を見ている。目撃されていて、逃げられる訳はない。しかし、夜まで待てばまたここに埋められるんじゃないか。そもそも、前はどうして殺したんだろう。何で埋めたりしたのだろう。どうやって埋めたのか。道具はあるのか。掘り返して前の遺体が出て来たら厭《いや》じゃないか。それよりこのブロック塀は低めだから隣から丸見えじゃないのか。ああ、殺すんじゃなかった。そもそもどうして殺したんだろう。ああ。

——取り返しがつかない。

僕は、取り敢《あ》えず身を屈《かが》めて地面を見る。

縁側の真下に、何故か赤い女児の靴が片方落ちていた。

——あれは誰の靴だ。

この家に女児はいない。この家に住んでいたのは、僕が二階で殺した――。

誰を殺したんだっけ。

どうやって。何故。いつ。

ここは誰の家なんだ。

知らない。全然知らない家だ。いや、だから殺してないだろう。人なんか殺す訳がないじゃないか。

殺した気になってるだけじゃないのか。殺した相手がどんな顔か、男か女か、若いのか年寄りなのか、何ひとつ判らないなんてことは、ある訳がないって。

ああ良かったよ。勘違いだよきっと。

待てよ。それなら僕はどうしてこんな場所に立っているんだ。この家に、何の用がある。ここには誰が住んでいるんだ。勝手に知らない家の庭に入り込んで、怒られるじゃないか。いいや。

怒られないよ。

死んでるからな。

誰が。誰が死んでいるんだ。

その辺で。

僕は、少し覚醒し始めていた。

僕は、それが誰なのか懸命に考えていた。

あの家で競馬中継を見ていた人はどこの誰だっけ。思い出せない。前から知っている人だったように思うのだけれど、名前はおろか、まず以《もっ》て顔が思い出せない。それは誰なんだ。

いやいや、あんな家には行ったことがない。見たこともないよ。

待て待て、行ってるじゃないか。

見たことがないと判じられる以上は見てるんだろう。

——覚えてるだろ。

まあ、覚えてはいるのだ。だが思い出せない。

その辺で僕は目を開けて、起き上がった。

どうも思い出せない人がいる、あれは誰だっけと、覚醒した僕は考えていた。さてあれは誰だったか。誰だとかいう前に、僕は何を思い出そうとしているのか。

あれは誰だのあれの部分が空白だ。

それじゃあ思い出しようがない。問題が出されていないのに回答しようとしているようなものだ。

そのうち、何を思い出そうとしているのかさえ曖昧になった。人か。場所か。出来ごとか。

時計を見ると午後六時十分前だった。

まあ、寝ていたのかと思い、トイレに行った。

行く途中でふと、何か忘れているなと思った。さて何を忘れているのか。何を忘れているのか判らないくらいだから、大したことじゃないだろう。

――いや。

そうじゃない。重大なことじゃないか。重大なことを忘れてないか。

トイレから出て、釈然としないままコーヒーを淹《い》れた。

そこで。

――あ。

僕は人を殺したな。

そう思った途端、夢で見た諸々が一気に蘇《よみがえ》った。ああ、まずい。もう。

――取り返しがつかない。

いきなり乗った飛行機の床が抜けてしまったような感覚。身体をそのまま残して、意識だけが奈落《ならく》に落っこちて行くような、極め付けの心細さ。不安でも畏怖《いふ》でもない。焦燥でも驚愕《きょうがく》でもない。

発熱した時の夢のように、僕は墜落した。

どうしようどうしようどうしよう。取り返しがつかないよ。もう駄目だ。結局何も手を講じていない。自首もしてない。あのまんま、何もかも放りっ放しで僕は何をやってるんだよ。のんびりコーヒーなんて淹れて。

だから。

何のことだよ。

混乱はすぐに収まったが、取り返しのつかなさと、無駄な罪悪感だけが残った。

その後、そんな夢は見ない。見ないけれど、その取り返しのつかなさと無駄な罪悪感だけは、ごく偶《たま》に感じることがある。何か恐ろしく重大なことを忘れているのに、忘れていることさえ忘れて僕は日常を暮らしている、そんな気がすることはある。

そういう時に、その夢のことを思い出す。

何度思い出しても記憶は細部まで明瞭である。

ふうん、と斉藤《さいとう》君は鼻を鳴らした。

意外だなあと斉藤君は言った。

「どこが意外なんだ」

「意外ですよ。そんなに意識が混濁することがあるなんて。だって先生、お酒も飲まないでしょ。理屈っぽいし、感情よりまず論理ってそういう質《たち》じゃないですか」

「酒は飲まないし理屈っぽいかもしれないがね。その辺は別に普通だよ。普通に混濁するよ」

「先生、いつでも素面《しらふ》だからなあ。しかも何でも覚えてるじゃないですか。実に迷惑ですよ。酒の席での失態を後から冷静に語られると、他人《たにん》ごとだか自分ごとだか判りゃしないから。大体ね、私なんかは酔うたびにそんなですよ。概ね覚えてない。覚えてないことすら覚えてない。混濁人生ですよ」

それも困りものだなあと言うと、横で唐揚げを喰《く》っていた編集者が、それより意外というならあの話ですよと言った。

「あの話って何だよ」

「ほら。見たんでしょ。見たんですよね？」

「何をだ。君の阿呆面《あほ》なら、今も見ている」

「僕の阿呆面はですね、誰にでも見えるもんですからね。公のものですから、僕のこの顔は。そうじゃなくて、あの話ですよ。ほら、香山《かやま》さんと」

「ああ」

先週、ある文学賞の授賞式があった。受賞したのは僕も懇意にしている若手作家だったから、二次会にも出席してお祝いを述べたのである。

その時のことだ。

「見えたんですよね」

何が見えたんですかと斉藤君が尋《き》く。

「このですね、まあ世に蔓延《はびこ》るオカルトというオカルト心霊という心霊を、悉《ことごと》く、何もかも、一つ残らず木端微塵《こっぱみじん》に粉砕する筋金入りのアンチビリーバーがですね」

どういう言い方だよと言った。

「アンチビリーバーってどういうことだ」

「ビリーバーの反対ですよ」

「あのな、僕はただ、極めて普通に考え、真面目に取り組んでいるだけのことじゃないか。まともな思考力があれば概ねはインチキだと知れるだろうに。インチキと承知で愉《たの》しむのは大いに結構だし、またどうしてもインチキだと思いたくないという心情も酌《く》めぬことはないというだけで、ないものはないし起きないことは起きないよ」

起きたじゃないですかと編集は言う。

「出たんですよ。幽霊」

ひゃあ、と斉藤君が驚いた。

「どこから声を出しているんだよ。出てないよ何も」

錯覚だろう。

「そうですか？　そうかなあ」

「決まってるじゃないか。僕にしか見えなかったんだから」

「香山さんが視《み》てるでしょう」

「あの人は何もなくたって視えるじゃないか」

「じゃああのお爺《じい》さんは誰なんですよ」

「知らない人さ」

二次会の会場は洒落《しゃれ》たワインバーだった。僕は下戸《げこ》だから烏龍茶《ウーロンちゃ》くらいしか飲むものがなくて、まあいつもの如く素面のまま馬鹿話をしていたのだった。

会は盛況で、普通四人がけの卓に五六人詰まって座るような状況だった。

編集者の多くは立っていた。

僕の席は窓側で、出るに出られない感じだったから、受賞者の傍《そば》に行くことも出来なくて、まあ適当にくだらない話をしていたのだった。

窓の外に。

老人がいた。

どうもこっちを見ている。

七十過ぎ、という感じだった。薄くなりかけの頭髪を後ろに撫《な》で付け、古めのデザインの眼鏡をかけて、薄汚れたジャンパーを着ている。何となく不満そうな顔だったのだが、元々そういう顔付きなのかもしれず、まあその辺は何とも言えない。

多分、誰かの顔がガラスに映ったのだと思う。

会場は、七階だったのだ。

そんな人いないじゃないですかと編集は言う。

「七十過ぎなんて、編集者じゃないですよ。そんな大御所はいませんでしたよ？」

「あのな、そう見えた――って話だよ。何かの加減さ」

「何の加減ですか。大体、隣にいた山崎《やまざき》さんも向かいにいた木暮《こぐれ》さんも木戸《きど》さんも、何も見えないって言ってたでしょ」

「僕の位置からは見えたんだよ。他の角度からはそう見えないのさ。つまりは窓の外に実体があるのじゃなく、ガラスの表面に映った虚像ということじゃないか」

そう思うよりない。

同じ卓についていた作家さん達が僕が気にしているのに気付き、覗《のぞ》いてみたのだ。

別に何もないということだった。いや、なかったのだろう。

「みんな映ってたよ。夜なんだから。外は暗いのさ。なら中の様子が映るだろ」

「自分は映ってましたか？」

「僕かい？　僕は」

映っていただろうか。

「で、お爺さん、ぴょーんって感じで遠くに飛んでったんですよね？」

「だからそう見えた、ってだけだよ。何の加減か知らないけど、面白いじゃないか」

老人は何かに弾《はじ》かれたように空の彼方《かなた》に消えた。

実体のある人間にそんな動きが出来る訳もないから、やはり虚像に違いないのだ。

「じゃあどうして香山さんに判ったんですか」

「だから。あの人は」

視える人、なのだ。何が視えるのかは知らないが、視えるというなら何かが見えているのだろう。それが何かという解釈はまた別の問題だし、そんな解釈は個人個人がすればいいことだ。世の中には視えると自称する人を嘘吐き呼ばわりする人もいるのだけれど、それはいけないことだと思う。視える人には見えているのだ。

ただ、それが何かは決められない。視ている当人にも決められまい。

だから、そうした言説を丸呑《まるの》みに信用するのはどうかとは思う。というか、そこは個人個人できちんと考えるべきところだと思う。

「いやね、ずっと離れたとこに座ってた香山さんがですね、帰りがけにわざわざ近寄って来て、ですよ。さっきのお爺さんは良くないですよぉ、なんて言う訳ですよ。僕ァこの人の近くにずっといましたからね。窓の外も見てますよ。そんな爺様なんていませんよ。七階だし。空飛ぶ爺《じじい》なんかいませんね。自分の阿呆面が映っただけでしたよ。でもお爺さんだったんですよね？　七十過ぎの」

「しつこいなあ。そう見えただけだって」

「かなり恨んでるって言ってたじゃないですか。香山さん」

「僕はね、こんなに馬齢を重ねてもだな、人に深く恨まれるような悪行はした覚えがないよ。小市民的に、野の民草として、健気《けなげ》に生きて来たんだよ。そりゃ僕のことを快く思わない人もいるだろうし、逆恨みということもあるんだろうけど、そこまで憎まれるようなことをした覚えはない。大体、僕を敵視する人は僕をよく知らない人だよ。僕は他人を敵視したりしないし、誉《ほ》め殺しはしても攻撃はしない。何よりすぐに謝るぞ」

　知ってますよと編集者は言う。

「でも、若い頃のことは僕も知りませんからね。よくあるじゃないですか。それまで尽くしてくれた女を有名になった途端に捨てたとか、あるでしょう」

「お爺さんじゃないかよ」

お爺さんでしたねえと編集は言う。

「まるで見たように言いますね」

「僕も見ましたからね。あれは幽霊ですわ。間違いないですよ」

「さっき見えなかったって言ったじゃないですか」

「見たのはですね、さっきですよ。ここに来る途中ですよ。思うに先週はまだそんな実体化してなかったんじゃないですか、お爺さん。だからフワフワ浮いてて、ぴゅーっと飛んでっちゃったんですよ。でも、もう、さっきは丸見えですよ」

ついさっきのことだ。

交差点で信号待ちをしていたら、あの老人が道の向こうに立っていた。同じような年《とし》恰好《かっこう》で、同じような眼鏡をかけて、同じようなジャンパーを着ていた。

「アッとか言ったじゃないですか。同じ人だったんでしょ？」

「だから、先週ガラスに映った虚像に似た人が偶々《たまたま》いたってだけだよ。知らないよあんな人」

実際に見たこともない人だった。

「そんな偶然ありますかねえ」

「そういう珍事をして偶然と評するんだろうが」

でも、まあ同じ顔だった。恨みがましいというよりも、何となく不満そうだった。いや、やっぱりそういう顔付きの人なのかもしれない。

知らない人なのだからどうでもいいのだが。

「ホントに知らない人なんですか？　じっと見てましたけどね」

「知らないって。まあ僕だって忘れることもあるけれど——例えば名前と顔が一致しないとか、どこで会ったか思い出せないとか、そういうことはあるさ。でも、完全に判らないなんてことは」

あるさ。

夢ならね。

あれは。

あの家の人なんじゃないか。つまり。

僕が殺した人なんじゃないのか。僕は僕が殺した人がどんな人なのか知らないじゃないか。

殺したんなら、恨まれたって仕方がないか。殺したんだから。化けて出るなら、僕の処だ。

いや。

ならば、例えば胡蝶《こちょう》の夢の故事の如く。邯鄲《かんたん》の枕の話譚《わたん》の如く。

現在の、この僕は、この現実は、あの夢の中の僕が見ている夢だとでもいうのか。なら僕は、今もまだあの庭に突っ立って、おろおろとしているのだろうか。後悔と不安と焦燥と驚愕と絶望と恐怖と狼狽を肚《はら》に詰め込んだまま——。

僕はあの見知らぬ庭に立っているのか。

この僕の三十年は、いや、それ以前に僕の全人生は。

虚構か。

いいや。

そんな訳はない。荘子《そうじ》だの沈既済《しんきせい》だのを引くまでもなく、そういう話はフィクションには掃いて捨てる程にある。月並みだ。そうだったとして、では何故に夢の方に幽霊が出る。こちら側にはあんな爺さんはいないのだ。化けて出ようにも、いないものは出られないだろう。それは理屈に合わない。

理屈に合わないだろうさ。

夢だもの。

いや、どちらが夢であっても構わない。構わないが、少なくとも僕が今、存在しているこちら側は確固とした理《ことわり》で成り立っている。それは壊れることはない。ないだろう。

夢で殺した男が、化けて出るなんて。

「それって、あの人ですかねえ」

斉藤君は言う。

編集が振り向く。

「ああ、そうですよ。あのお爺さんですよ」

僕は、振り向かない。何を言っているんだと軽く往《い》なす。

あれ、きっと先生が殺した人ですよねと斉藤君は言う。何を言い出すんだろうこの男は。ああきっとそうですよと編集も言う。酷《ひど》いですよねえ、二階の寝室で絞め殺したんですよ、延長コードかなんかでさあ、と編集は説明し始める。そうなんだぁ絞殺なんですかぁと斉藤君も話を合わせる。絞殺ですよ。こんな感じですよ。お爺さん、亡くなったお孫さんのベッドの上で死んでたんですよ。いいや、まだそのまんまで死んでるんでしょうねえ。そうですねえ殺しっ放《ぱな》しですからねえ。もうすっかり腐って乾いて骨ですよ、三十年も放置ですもんね。庭に埋めた女の子なんか、もう骨までなくなっちゃったんじゃないですか。あらら何も小さい子供まで殺すことはないのにねえ。いやいや子供が先なんですよ。あのですね、暴行したとかそういうんじゃなくて、過失だったようなんですけどね。ただ、その子の暮らしてた家の庭に埋めちゃいかんでしょう。埋めますか普通。これ、もう最低ですよ。子供さんがいなくなって、ご両親は不仲になって離婚ですよ。旦那《だんな》は家を出ちゃって、お母さんは首吊《つ》って死んじゃったみたいですよ。いやいや、まさか自分家《ち》の庭に埋まってるとは思いませんしね。思いませんねえ。ですからねえ、あの家にはその首吊ったお母さんのお父さんが一人残ってた訳ですよ。その残されたお父さんってのが、絞殺された——。

「あのお爺さんですよ」

見るものか。

そもそも。

お前達はどうしてそれを知っている。

僕が知らないことまで知っているのはどうしてだ。

ああ。取り返しがつかない。

僕は夢の幽霊に取り殺されそうだ。

「どうしたんですか」

「何がだ」

「かなり――変ですよ。やっぱり祟《たた》られてるんじゃないですか」

「だから、誰にだよ」

「そんなこと知りませんよ。そんな青い顔して」

「それより君達はどうしてそんなことを知っているんだ」

「知ってるって、何をですか」

「だから。夢の中の僕の殺人の詳細だよ」

はあ、という感じで二人は顔を見合わせた。

「何で――そんなこと言い出すんですか」

「今、ぺらぺら二人で語ってたじゃないか」

違うのか。

違うのかもしれないな。

こいつらがそんなこと話す訳がない。動機も手口も判る訳がない。

だってこの僕が知らないのだから。そんなものはないのだ。というより、これが夢なら、こいつらは僕だ。僕の一部だ。

「大丈夫ですか。何だか別人みたいですね、今日は」

「まあね」

お前達だってお前達じゃない。僕が僕じゃないように。生きているのか死んでいるのか知れたものじゃない。

あの老人がいないように僕もまたいないのかもしれないし。ならば僕も生きてはいないのだ。

夢も、現実もない。何もないんだ。

そこのところに気付いてしまったら、もう取り返しはつかないぜ。

だから見て見ぬ振りをするしかないさ。どうせ。

全部、嘘なのだ。

コード　bonus track

不思議、というのは都合の良い言葉だと思う。

要するに、それに就いて考えるのは止《や》めました——という意味なのだ、不思議は。

何故だか解らないものごとと対峙《たいじ》した時、解答が求められるだろうと考えているうちは、それは謎ということになるのだろう。

謎はやがて解ける。いつまでも解けない謎、というのはあるのだが、その場合も、それはいつまでも解答を求めて考え続けている、ということなのであろうから、まあ考えているのだ。謎は。

一方、それらしい解答は出されているものの、それが一般的なものでなかったり、信じ難《にく》いものだったりした場合は、怪奇だの奇蹟《きせき》だの、何だのという修辞が施されることになるようだ。

そういう場合は概《おおむ》ね解答が間違っていたり、設問自体が的外れだったりするのだけれど、いや、設問を構成する認識自体が間違っていたりすることも多い訳で、だから設問そのものが成立していなかったりもするのだ。

こちらは、その設問は間違っているぞとか、その解答は間違っているぞと、考えないからそうなるだけだ。

不思議とされるものごともそれと大差はないのだが、不思議の場合はもっとあやふやで、ぼんやりとしている。まあどうでもいいやと放り投げた時、それは不思議だねえということになるように思う。

思うに、世の中には考えたって解らないことというのはあるものだ。

いや、世界は解らないことで満ち満ちている。

突き詰めて考えれば何も解りはしない。

この宇宙があることも、人が生きていることも、自分が何者なのかも——何もかも解りはしない。

そういうことはまあ、どんなに考えたって解らないのだ。

それぞれの分野の専門家は考え続けているのだろうから、彼らにとってそうしたことは謎なのだろう。でも、そうでない人にとっては、まあ考えたってどうにもならないことである。わざわざヘンテコな理屈を持って来て怪奇だの奇蹟だのと思うことでもなかろう。だからそういうことは、取り敢《あ》えず不思議だねえで済ます。

それでいいと思う。

考えたって仕様がないから。

ならば、世界は不思議で満ちている。

でも、そうした大袈裟《おおげさ》な疑問や根源的な問題ではなくて、何てことないその辺の出来ごとを論《あげつら》って不思議だ不思議だと片付けてしまうことには、やや抵抗がある訳である。

少しは考えようよと、まあ思う。

取り敢えず人なんだから。

そう思い至ってからこっち、そうした態度を心がけている。

まあ、そうやって暮らしていると大方のことは説明がつく。

いや、説明のつかないこともそれなりにありはするのだけれど、それは解らないことでしかないのだ。つまり自分の知識が足りないか、頭が悪いか、どっちかだと思うようになった。

不思議ではなくて、自分がバカなだけなのである。

そうしてみると、不思議なことなどなくなってしまった。

でも。

まあ不思議に仕分けしたくなるようなことも、全くないではない。

中学二年の終わり頃、父親の仕事の都合で引っ越すことになった。

今さら転校するのも面倒臭かったから、僕は卒業するまで祖父母の家で暮らすことにした。祖父母の家は一戸建てではなく、一階と二階が別世帯になっている賃貸住宅だった。玄関も別だから、広めのアパートといったところだろうか。祖父母は一階に住んでいた。

祖父が書斎として使っていた奥の部屋が割り当てられた。

祖父は病がちで入退院を繰り返しており、もう書斎は要らないということだった。家にいる時も茶の間のソファーにずっと座っている。寝室があればそれで充分だと、そういうことだったようだ。

窓を開けると裏の家の塀がある、全く陽の当たらない部屋だったが、僕にしてみればその方が良かったのである。どうせ窓も本棚で塞《ふさ》がってしまうのだし、陽が差せば本の背表紙が焼けて退色してしまうからだ。

六畳間だった。

祖父が使っていた大きくて立派な机も僕に払い下げられた。

それまでは小学校入学時に買って貰《もら》った子供用の学習机を使っていた訳だから、何だか大人びた気分になったものである。

机の横に、その頃流行《はや》っていたコンポーネントステレオセットを設置した。たしか、そのタイミングで買って貰ったものだったと思う。アンプとチューナー、イコライザー、カセットデッキにレコードプレーヤー。それに、やがて始まるという音声多重放送を見越して買ったテレビチューナーを組み込んだものだった。

うちは貧乏だったから、今となってはよくそんなものが買えたものだと思うのだけれど、まあ、本以外何も欲しがらないような子供だったから、引っ越しのどさくさに紛《まぎ》れて大盤振る舞いをしてくれたのだろう。

安っぽいスチールの本棚を置けるだけ置いて、ステレオとスピーカーを置いて、もう部屋は一杯である。何といっても机がデカい。

ただ、僕の場合は衣類などよりも書籍類の方が遥《はる》かに多かった訳で。

平素は学生服なのだし、私服は極端に少ないのだった。

だから押入れの襖を取り払い、上段にマットを敷いてベッドに仕立てた。下段は収納に使った。テレビもあったが、机の上に置くことにした。当時のテレビは奥行きだけは立派にあったが、まあ小さいものだったのだ。

問題は——配線だ。

配線といっても、パソコンやオーディオ、ビデオなんかの配線ではない。そんな複雑なものではなくて——というか、パソコンもビデオもまだなかった時代であるから、要は電源の確保のことである。

コンセントなどというものは、そうそう使い勝手の良い場所にあるものではない。そのうえ、何箇所もあるのかといえば、そんなこともない。

その部屋には二口《ふたくち》のコンセントが二箇所しかなかった。

それがまた、極めて不便な場所にあった。いや、別にことさら不便という程のことはないのだが、ものの配置とは合っていない、ということである。電源を必要とするものはそう多くない訳だが、ステレオにしてもテレビにしても、もうそこに置くしかないという場所にセッティングしている訳で、どうやったって動かしようがなかったのだ。

何といっても大きな机がネックになっている。

組み合わせを何通りか考えはしたが、どう変えようとコンセントからは遠い。真反対にあるドアの横が一番近い。それにしたって本棚で隠れてしまっている。背板のある本棚だったら、使えなくなっていたところだ。

ステレオの電源コードは、背面にあるコンセントをリレーしたりして一番下にあるアンプにまとめることで何とか届いた。机の上のデジタル時計とスタンド、テレビの電源はどうしようもなくて、タコ足的に一つにまとめ、延長コードに繋《つな》いだ。それで、漸《ようや》く届いた。

部屋の真ん中を電源コードが二本横切る形であるから、これは甚《はなは》だ宜《よろ》しくない。何かの拍子に足を引っ掛けないとも限らない。壁伝《づた》いにコードを這わせる方が安全なのであるが、そんな長い延長コードは用意していない。買ってくれば良さそうなものだが、一刻も早く作業を終えたいと思ったのだ、その時の僕は。

いずれにしても危なっかしいので、畳と畳の間にU字型の楔《くさび》のようなものを打ちこんで、二本のコードを何箇所か床に留《と》めた。それでも爪先くらいは引っ掛けそうな具合ではあったのだが、気を付ければいいのだと自分に言い聞かせた。

何よりも僕は、すぐにテレビを点《つ》けたかったに違いない。

そこまでやって、やや安心してしまったようで、それから後のことを僕はあんまり考えなかった。

暗くなってから初めて不具合に気付いた。

枕元にも電源を引かねばならない。スタンドくらい置かないと本も読めない。所謂《いわゆる》ラジカセ——カセットデッキ付きラジオのこと——その当時はそれが音響機器としてはスタンダードなものだったのである——も、置きたい。ヘッドフォンで聞くにしてもステレオは遠い。届かない。届いたとして、いちいち降りて操作するのも億劫《おっくう》である。これは何とかしなければなるまい。

ところが、これまた近くにはコンセントがないのであった。

押入れ側の壁面にコンセントはない。ドアのところは既に塞がっている。しかも、そこに繋いだコードは結構ぎりぎりで、しかも僕は、それを床に固定してしまっているのだ。後は押入れの反対側の壁——本棚の裏にしかないのであった。

祖母に尋《き》いてみると延長コードなら何本か余っている筈《はず》だというので、納戸のようなところを漁《あさ》って一本見付け出した。

比較的長い。三口のタップも発見した。

それで、ベッド廻りの電源を確保することにした——のだが。

一応延長コードはぎりぎり届いたのだけれども、これまた部屋を縦断せざるを得ない恰好《かっこう》になってしまった訳で。

結局、部屋の真ん中でコードがクロスしてしまうことになったのだった。

あまり宜しくはない。というか、全然好《よ》くない。

押入れの電源コードは床に留め難《にく》かったし、動線上あまり足を引っ掛けないだろうと判断したので、固定はせずにそのままにした。不細工だが何とかなるだろうと思ったのである。

引っ越しをしたのは年が明けて暫くしてからで、まあ、そのまま僕は三年に進級した訳なのだが——。

その前、春休みのことである。

僕はその部屋で別に不便もなく、寧《むし》ろ快適に暮らしていたのだけれど、床の不細工な配線だけは何とかしなければとも思っていたのだった。せめて壁を伝わせるような細工は出来ないものかと僕は考えた。

見た目が宜しくない。色々と宜しくない。まあ、更にコードを延長すれば何とでもなる訳だから、これは難しい相談ではない。

で、その時、久しぶりにコードを確認した。

「あ?」

僕は滅多に独りごとは言わない。

足の小指を何かの角にぶつけても悲鳴さえ上げない。

その僕が、声を上げてしまった。

後から繋いだ押入れからの延長コードが、先に固定したステレオやテレビの延長コードの。

下を潜っている。

これ、変じゃないか。

順番がおかしい。

楔は打ち込んだ時のままである。どう考えても変だ。留めていない延長コードの方を後から繋いでいる訳だから、そちらが上になっていないと理屈が合わない。いや、もしかしたら僕はあの時、わざとこうしたのじゃないか。一方はそれなりに固定されている訳だから、その下を潜らせている以上コードはそんなに暴れない。だからこれはこれでいいのだけれど――。

いや、良くない。

そんなことをした覚えがない。

したとしたら間違いなく自分でしたことなのだろうが、覚えがない以上これでいいとは思いたくない。

僕は延長コードを抜いた。記憶をなくしているのなら思い出すしかない。ならば同じことをもう一度やってみるのが一番である。あまり意識してはいなくとも、この方がいいやと考えなしにしたのかもしれないではないか。

ところが。

下を潜っている延長コードは、固定されている延長コードの下から――。

抜けなかった。

プラグ部分が引っ掛かるのだ。

と、いうことは、固定した延長コードを一旦《いったん》外して、下を潜らせた、ということになる。しかし、楔に抜き差しした形跡はない。いや、そんなことをした覚えもない。そもそもこんなに打ち込んでしまったら抜く時困るんじゃないかと心配した程なのだ。心配したことは覚えているのだ。

おかしい。変である。

僕は、固定されているコードを引っ張ったりよじったりしたのだけれど、どうしても下のコードは抜けなかった。何だか気に入らなかったので釘抜きで楔を抜いて、やっとコードを引き抜いた。

抜いてどうしたかといえば。

僕は、元通りにした。勿論《もちろん》、下を潜らせない形で再現したのだ。

もう一度楔を打ち込んで一方を固定し、その上にもう一本を載せて、繋いだ。

そもそもはこの形だった筈で、それをどうにかしようと考えていたのだから、そこまで戻すが好いと考えたのである。で、まあそれで僕は満足してしまったのだった。何もしない方がマシだったという考え方もあるのだろうけれど、どうであれそれは、そうであった筈のものなのだから。

疲れたからその日は寝た。

翌日、まあ何やかやと予定をこなして、夕食後にコードのことを思い出した。

部屋に戻って見てみると――。

固定されていないコードは、固定されているコードの。

下を潜っていた。

「ああ?」

僕は自分の正気を疑った。昨日の記憶は全部嘘なのか。あの無駄な努力は妄想だったのか。それとも今見ている光景こそが幻覚なのか。はたまた無意識のうちに、あの面倒臭い無駄なことを再度行って順番を変えたというのか。

いやいや。どれも違うだろう。

僕は、どうしてもそのままにはしておけず、また苦労してコードの順番を、元に戻した。

楔を打ち込むのはもう止《や》めた。孔《あな》が広がってしまい、抜け易くなってしまったのだ。

それでも、順番は守るべきだ。

こっちが下で、こっちが上だ。そこは譲れない。

もう、使い勝手だとか見栄《みば》えだとかはどうでも好くなってしまった。

その後、忘れていた日もあるのだが、気が付くと僕はコードの順番を確認した。

必ず、順番は変わっていた。僕は必ずそれを正しい形に戻した。固定するのを止《や》めたので元に戻すのは簡単だったのだ。と――いうか、もう正しい形って何だよ、という話ではあったのだが。

丁度、引っ越してから三箇月目のこと。

僕は、その日もコードの順番を元に戻して——それは既に日課のようになっていた訳だが——寝た。

その日は何だか寝苦しくて、俗に謂《い》う金縛りのような状態に何度も陥《おちい》った。

僕はその当時からそれを霊の仕業だとも、怪しい現象だとさえ考えておらず、単なる生理現象だと知っていたから、怖いなどとは微塵《みじん》も思わずに、単に体調が思わしくないのかなあなどと思う程度だったのだが。

そのうち眠って、夢を見た。

金色の大勢の僧侶《そうりょ》が、合掌した形のままぞろぞろと歩いていて、そのまま空に昇って行った。

やけにはっきりした夢だった。

目覚めはすっきりしていた。

その日以来、コードの順番が変わることはなくなった。

これは——まあ事実である。

ほんとうにあったことである。

ここまで無意味で地味でつまらない創作はないだろう。

そもそも怖くない。いや、慥《たし》かに突き詰めて考えるなら多少は怖くなる要素もあるのだけれど、突き詰めて考えるまでもないことでもあるだろう。

ただ、事実ではあるのだ。

事実であるから、まあ不思議なことなのかもしれない。

コードが上になろうと下になろうとそんなことはどうでもいいことだ。だから、不思議でいいのだ。いいと思う。

ただ、まあ、ひとつ問題があるとするなら——。

僕は、いまだにそれを不思議だと思っていない、というところだろうか。

何か理由はある筈だ。

僕が、嘘を言っていない限り。

虚談・了

解説

和嶋《わじま》慎治《しんじ》（人間椅子）

『虚談』。このタイトルを前にして、まず読者はどのように思うであろうか。ははあ、今や怪談界隈で主流のいわゆる実話怪談、それではないのだな。創作怪談？　ミステリー？――そもそも小説とはどんな実体験に基づくものでも多少の脚色はあるのだから、小説全体が虚の話といえなくもないけれども――『虚談』である。語感からいって、何やら怪談めいたもの、怖い話、不思議な話であろうことはどうしたって想像する。それでよろしい。読者はその直観と第一印象を元に、わくわくこわごわと、「虚」「嘘」を軸に展開していく本書を読み進めていけばいいのだ。

ただし。推理小説よろしく解説から目を通してはいけない。ここには犯人などいないし、本書の骨子、虚を虚として楽しむためには、嘘を吐かれ通す、騙され続けなくては堪能など叶わない。解説などという野暮なものを先に読むなかれ。また短編集だからといって、恣意的に好きなところから読み出すのもいけない。各短編の構成、虚の捉え方からいっても、ここはあたかも長編のごとく、目次から順に頁を繰っていくのが正しい読み方だと、解説の光栄に与《あずか》った僕は強く推奨するものである（フライング気味にここまで読んでしまわれた方は、速やかに一頁目までお戻りいただきたく存じます）。

「レシピ」。冒頭のくどいくらいの状況説明、また途中までの理路整然とした文脈に、なるほどこの短編は、ひいては『虚談』は完全に創作なんだなと読者はまず思い知る。なぜなら、実地に体験する怪異というのは、身内の霊魂が出て来た場合を除き、およそ脈絡もなくさっぱり意味不明なものが普通だからである。これは様々の怪奇体験をしてきた僕自身が、保証する（もっとも本書の語り手たち——おしなべて心霊に懐疑的な唯物論者——にいわせれば、僕の体験はむろん錯覚、妄想の類いに違いない）。

ある時、僕は助手席に友人を乗せて、夜の環七を車で走っていた。甲州街道を過ぎたあたりだ、まだラッシュの余韻が残る環七を、悠然と横切る男がいる。季節外れの、そして時代遅れの洋服を身にまとった痩せぎすの中年男が、夜目にもはっきりと見える。

「うわっ、何だあいつ危ない」僕は慌ててハンドルを切り、友人に同意を求めると、彼は「見えない」という。そういえば道行く車の誰も減速すらしていない。不審に思いながらバックミラーを見やれば、そこにはやっぱり、環七をゆっくりと横断する男の姿が映っていた。その夜、僕はまた別の友人と会う約束があった。といっても一回り年上の商店主だが、その方に先ほどの話をすると、その男なら自分もさっき見た、という。往来の激しい銀座の路上で轢《ひ》きかけたのだという。背格好も同じ、周りが気づいていない風も同じ。もちろんお互いにそんな知己などはいない。まるで意味が分からない。

ある時、僕は奈良の山奥にキャンプに出掛けたことである。たまたまほかの宿泊客はおらず、ひっそりとした谷底に僕一人。静かな晩だった。深夜、けたたましい音に目が覚める。まるで何十人もがウォーウォーと叫んでいるかのような轟音が、テントの周囲をぐるぐると回っている。暴風じみたそれは、いや増しに勢いを増していき、ついには手のようなものが伸びてきて、僕の頭をテント越しにグググッと（ここ稲川淳二風）押さえつけるのだった。失神したらしい。朝目が覚めて外に出てみると、嵐などなかったように、葉っぱ一つ落ちていない。不可解極まりない。

かように実際の怪奇体験とは、因果関係を求めようにも手掛かりのないのが普通であり、気味の悪い体験をした、で終わりなのである。さて「レシピ」の方は、終盤に差し掛かり、整合性が破綻していく。あたかも実話怪談のように。そして衝撃の末尾である。「この話は――最初から最後まで、全部嘘」我々は、いいようのない不安にストンと落とされる。

第二話「ちくら」は、はなから嘘だと明言して始まる。第一話の不安覚めやらぬ我々は、ここにおいて筆者は実話怪談のあの居心地の悪さ、不条理さを、虚、嘘でもって構築しようとしているのではないかと勘繰り出す。何と恐ろしい試みを。「ちくら」はいってみれば幽霊譚だが、題名の意味は最後まで類推すら明かされない。

「ベンチ」は虚構だから許されるであろう、宗教の話。昭和の特撮の話やら仏教の歴史やらが出てくるが、そうした事実の列挙がより物語に迫真性を与えている。嘘に嘘を塗り重ねるのは詐欺師の常套手段だが、おそらくポイントは、そこに適量の真実を盛り込むことであろう。ペテンの引き上げ効果とでもいおうか、嘘が真実の粉飾によってリアリティーを持つのである。『虚談』においては、過去の事象のみならず、さもありなん感の演出であろう、しばしば現代的な語句をあえて用いている点も見逃せない。大人買い、モチベーション、ネットオークション、美魔女、などなど。そうして「ベンチ」の物語は、おじさんの存在すら曖昧なままに、終わる。記憶がどうしても嘘を孕んでしまうものならば、我々の存在もまた曖昧なものではないのか?

「クラス」は実話怪談風の筆致。それだけに不条理なままに、目まぐるしく話が展開していき、最後には御木さんの存在は曖昧どころか、虚構ではないかというところまで行き着く。我々の存在は、ここでまたいっそうグラリと揺らぐ。

「キイロ」はここまでとはやや趣きの異なる、中休み的な作品。別アプローチといってもいいだろう。キン消しなど、昭和の世相がふんだんに描かれ、ああ、怪談とは郷愁に近いものであったかと、ふっと和んだ気持ちにさせられる。確かに怪談が死を扱うものである限り、それは過去を偲ぶものでもあるだろう。キンゴローの嘘が増幅して怪物になっていく様は、口裂け女のフォークロアを見ているようである。

「シノビ」。前々作までの曖昧な存在、そして虚構かもしれない存在ときて、ついにそれ自身が嘘にも似た存在、忍者の登場である。いわば虚の逆転現象、嘘が実体を持ってしまった塩梅である。特筆すべきは、今作から語り手の趣向が変わっている。若干の匿名性、虚構性のあったものが、今作以降は明確に文筆業と謳うことになる。つまり筆者本人による随筆の体をなし、よりリアリティーを帯び出すわけだ。「シノビ」は前作「キイロ」に続き、まるで後半への助走であるかのように、文体は軽やかである。

我々の存在の根幹を実証するものといったら、親であり家族であり、先祖であろう。ここを否定されてしまったら、我々には名前もないし、夢のようなただの印象となってしまう。「ムエン」はそうした怖さを、ミステリー調につぶさに語っていく。城崎さんの嘘を、語り手も嘘でもって喝破するわけだが、嘘と嘘の対決ゆえ、もはやどこからどこまでが嘘なのか……皆目見当すらつかない。

「ハウス」。勘のいい読者なら冒頭の一声で、ああこれは人間を、あるいは幽霊を飼っている話だなと察しがつくだろう。いってみればこれは倒叙形式の怪談である。様々の伏線が、木村さんのそれと知れる嘘が、結末へきれいに収斂《しゆうれん》していく様は快感でさえある。第一級の怪談とはこのようなものを指すのだ。

最終話「リアル」。夢で殺人を犯したことがある人がどのくらいいるか分からないけれども、覚えのある人は、微に入り細を穿ったあの家の描写で、きっと嫌な予感がするはずである。僕は夢の中で三人ほど人を殺めている。事後だったらまだいいのだが、そのうち二人は犯行直前からで、実に悍《おぞ》ましい夢であった。であるから、件《くだん》の描写が出た際に「うわーっ来たぞー」とすぐに合点がいった次第である。これは夢で犯行に及んだ同志にしか分からない感覚であろう。リアル、である。夢なのに。虚構なのに。取り返しがつかない、何度僕もそう思ったことだろう。悔恨の念、罪の意識は起きている間も胸の底に澱《おり》のようにあり、何ものかから逃げなくてはいけないという気持ちも、意識の片隅に常にうっすらとある。虚を作り出し、虚に苛《さいな》まれ、現実と虚の狭間で揺れ動くばかりだ。リアルとは何なのか。虚はありありとリアルを描き出すし、一方現実は虚が積み重なっただけのもの、嘘といえなくもない。我々を虚の真ん中にぽつんと置き去りにして、『虚談』は終わる。

文庫版のみに収録の「コード」は、いわばエピローグ的なものだろう。本作のエッセンスが凝縮されており、ノスタルジックでもあり、随筆風でもあり、実話怪談風でもある。終章に相応しくある種の諦観を漂わせてはいるが、まるで第一話「レシピ」への橋渡しのごとく、「僕が、嘘を言っていない限り」と、締め括りはあくまでも不穏である。

我々はこの本を通して、虚構の上ではあるが、嘘と真実がいかに容易にすり替わるかを見て来た。なに小説の話だ、束の間自分の存在の不確かさに触れて、つまりは浮世をちょいと離れて、虚の世界に遊ぶだけのことじゃないか、もちろん小説を読むというのはそういうことだ。それでいいのであるが、我々は嘘と本当の境界がはなはだ不透明なことを知ってしまった。もし、もし仮に我々を我々として存在たらしめているこの世界に、現実と信じて疑わないこの日常に、数々の嘘が真の顔をして紛れ込んでいるとしたら……それこそが本当の怪談である。いや、そんなことは嘘だろう。

本書は、二〇一八年二月に小社より刊行された単行本に、同年十二月よりKADOKAWAアプリにて配信された「虚談・補　コード」を加えて文庫化したものです。

口絵デザイン／坂野公一（welle design）
口絵造形製作／荒井　良